平凡的生活也要过得闪闪发光

迟子建 等著

北京联合出版公司
Beijing United Publishing Co.,Ltd.

新流出品

人生最好的境界是丰富的安静。

安静，是因为摆脱了外界虚名浮利的诱惑。

丰富，是因为拥有了内在精神世界的宝藏。

是的，我很重要。我们每一个人都应该有勇气这样说。

我们的地位可能很卑微，我们的身份可能很渺小，

但这丝毫不意味着我们不重要。

这皮囊要是太重挪不动，就掷了它，

可能的话，飞出这圈子，飞出这圈子！

情绪的旅行本是偶然的事，

今天一开头并为着这片春初晌午的阳光，

现在也还是为着它。

活得简单才能活得自由。

人生最美好的享受，

包括创造、沉思、艺术欣赏、爱情、亲情等等，

都非金钱所能买到。

在工作过程之中，有苦恼也有快乐，
等到大功告成，那一份“如愿以偿”的快乐
便是至高无上的幸福了。

良辰美景，赏心乐事，随处皆是。

智者乐水，仁者乐山。雨有雨的趣，晴有晴的妙。

小鸟跳跃啄食，猫狗饱食酣睡，哪一样不令人看了觉得快乐？

我一回头，身后的草全开花了。一大片。

好像谁说了一个笑话，把一滩草惹笑了。

在百忙中，在尘市喧嚷中，

你偶然丢开一切，悠然遐想，

你心中便蓦然似有一道灵光闪烁，无穷妙悟便源源而来。

这就是忙中静趣。

值得尊敬的成年人，

一定是那种“直至成年依然童心未泯的人”。

享受幸福是需要学习的，当幸福即将来临的时刻需要提醒。

人可以自然而然地学会感官的享乐，却无法天生地掌握幸福的韵律。

室内顶寻常的一些供设，

只要一片阳光这样又幽娴又洒脱地落在上面，

一切都会带上另一种动人的气息。

快乐是在心里，不假外求，

求即往往不得，较为烦恼。

能处处领略到趣味的人决不至于岑寂，也决不至于烦闷。

目录

第一章　平凡的魅力

第二章　对一朵花微笑

第三章　精神明亮的人

第四章　提醒幸福

第五章　未经省察的人生没有价值

第一章

平凡的魅力

丰富的安静

周国平

我发现，世界越来越喧闹，而我的日子越来越安静了。我喜欢过安静的日子。

当然，安静不是静止，不是封闭，如井中的死水。曾经有一个时代，广大的世界对于我们只是一个无法证实的传说，我们每一个人都被锁定在一个狭小的角落里，如同螺丝钉被拧在一个不变的位置上。那时候，我刚离开学校，被分配到一个边远山区，生活平静而又单调。日子仿佛停止了，不像是一条河，更像是一口井。

后来，时代突然改变，人们的日子如同解冻的江河，又在阳光下的大地上纵横交错了。我也像是一条积压了太多能量的河，生命的浪潮在我的河床里奔腾起伏，把我的成年岁月变成了一道动荡不宁的急流。

而现在，我又重归于平静了。不过，这是跌宕之后的平静。在经历了许多冲撞和曲折之后，我的生命之河仿佛终于来到一处开阔的谷地，汇蓄成了一片浩渺的湖泊。我曾经流连于阿尔卑斯山麓的湖畔，看雪山、白云和森林的倒影伸展在蔚蓝的神秘之中。我知道，湖中的水仍在流转，是湖的深邃才使得湖面寂静如镜。

我的日子真的很安静。每天，我在家里读书和写作，外面各种热闹的圈子和聚会都和我无关。我和妻子女儿一起品尝着普通的人间亲情，外面各种寻欢作乐的场所和玩意儿也都和我无关。我对这样过日子很满意，因为我的心境也是安静的。

也许，每一个人在生命中的某个阶段是需要某种热闹的。那时候，饱涨的生命力需要向外奔突，去为自己寻找一条河道，确定一个流向。但是，一个人不能永远停留在这个阶段。托尔斯泰如此自述："随着年岁增长，我的生命越来越精神化了。"人们或许会把这解释为衰老的征兆，但是，我清楚地知道，即使在老年时，托尔斯泰也比所有的同龄人，甚至比许多年轻人更充满生命力。毋宁说，唯有强大的生命才能逐步朝精神化的方向发展。

现在我觉得，人生最好的境界是丰富的安静。安静，是因为摆脱了外界虚名浮利的诱惑。丰富，是因为拥有了内在精神世界的宝藏。泰戈尔曾说："外在世界的运动无穷无尽，证明了其中没有我们可以达到的目标，目标只能在别处，即在精神的内在世界里。"

"在那里，我们最为深切地渴望的，乃是在成就之上的安宁。在那里，我们遇见我们的上帝。”他接着说明，“上帝就是灵魂里永远在休息的情爱。”他所说的“情爱”应是广义的，指创造的成就、精神的富有、博大的爱心，而这一切都超越于俗世的争斗，处在永久和平之中。这种境界，正是丰富的安静之极致。

我并不完全排斥热闹，热闹也可以是有内容的。但是，热闹总归是外部活动的特征，而任何外部活动倘若没有一种精神追求为其动力，没有一种精神价值为其目标，那么，不管表面上多么轰轰烈烈、有声有色，本质上必定是贫乏和空虚的。我对一切太喧嚣的事业和一切太张扬的感情都心存怀疑，它们总是使我想起莎士比亚对生命的嘲讽：“充满了声音和狂热，里面空无一物。”

我很重要

毕淑敏

当我说出“我很重要”这句话的时候，颈项后面掠过一阵战栗。我知道这是把自己的额头裸露在弓箭之下了，心灵极容易被别人的批判洞伤。许多年来，没有人敢在光天化日之下表示自己“很重要”。我们从小受到的教育都是——“我不重要”。

作为一名普通士兵，与辉煌的胜利相比，我不重要。

作为一个单薄的个体，与浑厚的集体相比，我不重要。

作为一位奉献型的女性，与整个家庭相比，我不重要。

作为随处可见的人的一分子，与宝贵的物质相比，我们不重要。

我们——简明扼要地说，就是每一个单独的“我”——到底重要还是不重要?

我是由无数星辰日月草木山川的精华汇聚而成的。只要计算一下我们一生吃进去多少谷物，饮下了多少清水，才凝聚成一具美轮美奂的躯体，我们一定会为那数字的庞大而惊讶。平日里，我们尚要珍惜一粒米、一叶菜，难道可以对亿万粒菽粟亿万滴甘露濡养出的万物之灵，掉以丝毫的轻心吗?

当我在博物馆里看到北京猿人窄小的额和前凸的吻时，我为人类原始时期的粗糙而黯然。他们精心打制出的石器，用今天的目光看来不过是极简单的玩具。如今很幼小的孩童，就能熟练地操纵语言，我们才意识到已经在进化之路上前进了多远。我们的头颅就是一部历史，无数祖先进步的痕迹储存于脑海深处。我们是一株亿万年苍老树干上最新萌发的绿叶，不单属于自身，更属于土地。人类的精神之火，是连绵不断的链条，作为精致的一环，我们否认了自身的重要，就是推卸了一种神圣的承诺。

回溯我们诞生的过程，两组生命基因的嵌合，更是充满了人所不能把握的偶然性。我们每一个个体，都是机遇的产物。

常常遥想，如果是另一个男人和另一个女人，就绝不会有今天的我……

即使是这一个男人和这一个女人，如果换了一个时辰相爱，也不会有此刻的我……

即使是这一个男人和这一个女人在这一个时辰，由于一片小小落叶或是清脆鸟啼的打搅，依然可能不会有如此的我……

一种令人怅然以至走入恐惧的想象，像雾霭一般不可避免地缓缓升起，模糊了我们的来路和去处，令人不得不断然打住思绪。

我们的生命，端坐于概率垒就的金字塔的顶端。面对大自然的鬼斧神工，我们还有权利和资格说我不重要吗?

对于我们的父母，我们永远是不可重复的孤本。无论他们有多少儿女，我们都是独特的一个。

假如我不存在了，他们就空留一份慈爱，在风中蛛丝般飘荡。

假如我生了病，他们的心就会皱缩成石块，无数次向上苍祈祷我的康复，甚至愿灾痛以十倍的烈度降临于他们自身，以换取我的平安。

我的每一滴成功，都如同经过放大镜，进入他们的瞳孔，摄入他们心底。

假如我们先他们而去，他们的白发会从日出垂到日暮，他们的泪水会使太平洋为之涨潮。面对这无法承载的亲情，我们还敢说我不重要吗?

我们的记忆，同自己的伴侣紧密地缠绕在一处，像两种混淆于一碟的颜色，已无法分开。你原先是黄，我原先是蓝，我们共同的颜色是绿，绿得生机勃勃，绿得苍翠欲滴。失去了妻子的男人，胸口就缺少了生死攸关的肋骨，心房裸露着，随着每一阵轻风滴血。失去了丈夫的女人，就是齐斩斩折断的琴弦，每一根都在雨夜长久地自鸣……面对相濡以沫的同道，我们忍心说我不重要吗？

俯对我们的孩童，我们是至高至尊的唯一。我们是他们最初的宇宙，我们是深不可测的海洋。假如我们隐去，孩子就永失淳厚无双的血缘之爱，天倾东南，地陷西北，万劫不复。盘子破裂可以粘起，童年碎了，永不复原。伤口流血了，没有母亲的手为他包扎。面临抉择，没有父亲的智慧为他谋略……面对后代，我们有胆量说我不重要吗？

与朋友相处，多年的相知，使我们仅凭一个微蹙的眉尖、一次睫毛的抖动，就可以明了对方的心情。假如我不在了，就像计算机丢失了一份不曾复制的文件，他的记忆库里留下不可填补的黑洞。夜深人静时，手指在揿了几个电话键码后，骤然停住，那一串数字再也用不着默诵了。逢年过节时，她写下一沓沓的贺卡。轮到我的地址时，她闭上眼睛……许久之后，她将一张没有地址只有姓名的贺卡填好，在无人的风口将它焚化。

相交多年的密友，就如同沙漠中的古陶，摔碎一件就少一件，再也找不到一模一样的成品。面对这般友情，我们还好意思说我不重要吗？

我很重要。

我对于我的工作我的事业，是不可或缺的主宰。我的独出心裁的创意，像鸽群一般在天空翱翔，只有我才捉得住它们的羽毛。我的设想像珍珠一般散落在海滩上，等待着我把它们用金线串起。我的意志向前延伸，直到地平线消失的远方……没有人能替代我，就像我不能替代别人。我很重要。

我对自己小声说。我还不习惯嘹亮地宣布这一主张，我们在不重要中生活得太久了。我很重要。

我重复了一遍。声音放大了一点。我听到自己的心脏在这种呼唤中猛烈地跳动。我很重要。

我终于大声地对世界这样宣布。片刻之后，我听到山岳和江海传来回声。

是的，我很重要。我们每一个人都应该有勇气这样说。我们的地位可能很卑微，我们的身份可能很渺小，但这丝毫不意味着我们不重要。

重要并不是伟大的同义词，它是心灵对生命的允诺。

人们常常从成就事业的角度，断定我们是否重要。但我要说，只要我们在时刻努力着，为光明在奋斗着，我们就是无比重要地生活着。

让我们昂起头，对着我们这颗美丽的星球上无数的生灵，响亮地宣布——

我很重要。

想飞

徐志摩

假如这时候窗子外有雪——街上，城墙上，屋脊上，都是雪，胡同口一家屋檐下偎着一个戴黑兜帽的巡警，半拢着睡眼，看棉团似的雪花在半空中跳着玩……假如这夜是一个深极了的啊，不是壁上挂钟的时针指示给我们看的深夜，这深就好比是一个山洞的深，一个往下钻螺旋形的山洞的深……

假如我能有这样一个深夜，它那无底的阴森捻起我遍体的毫管；再能有窗子外不住往下筛的雪，筛淡了远近间扬动的市谣；筛泯了在泥道上挣扎的车轮；筛灭了脑壳中不妥协的潜流……

我要那深，我要那静。那在树荫浓密处躲着的夜鹰，轻易不敢在天光还在照亮时出来睁眼。思想：它也得等。

青天里有一点子黑的。正冲着太阳耀眼，望不真，你把手遮着眼，对着那两株树缝里瞧，黑的，有榧子来大，不，有桃子来大——嘿，又移着往西了！

我们吃了中饭出来到海边去。（这是英国康沃尔极南的一角，三面是大西洋）。勖丽丽的叫响从我们的脚底下匀匀地往上颤，齐着腰，到了肩高，过了头顶，高入了云，高出了云。啊！

你能不能把一种急震的乐音想象成一阵光明的细雨，从蓝天里冲着这平铺着青绿的地面不住地下？不，那雨点都是跳舞的小脚，安琪儿的。云雀们也吃过了饭，离开了它们卑微的地巢飞往高处做工去。上帝给它们的工作，替上帝做的工作。瞧着，这儿一只，那边又起了俩！一起就冲着天顶飞，小翅膀活动得多快活，圆圆的，不踌躇地飞，——它们就认识青天。一起就开口唱，小嗓子活动得多快活，一颗颗小精圆珠子直往外唾，亮亮地唾，脆脆地唾，——它们赞美的是青天。瞧着，这飞得多高，有豆子大，有芝麻大，黑刺刺的一屑，直顶着无底的天顶细细地摇，——这全看不见了，影子都没了！但这光明的细雨还是不住地下着……

飞。“其翼若垂天之云……背负苍天，而莫之夭阏者”，那不容易见着。我们镇上东关厢外有一座黄泥山，山顶上有一座七层的塔，塔尖顶着天。塔院里常常打钟，钟声响动时，那在太阳西晒的时候多，一枝艳艳的大红花贴在西山的鬓边回照着塔山上的云彩，——钟声响动时，绕着塔顶尖，摩着塔顶天，穿着塔顶云，有一只两只，有时三只四只有时五只六只蜷着爪往地面瞧的“饿老鹰”，撑开了它们灰苍苍的大翅膀没挂恋似的在盘旋，在半空中浮着，在晚风中泅着，仿佛是按着塔院钟的波荡来练习圆舞似的。那是我做孩子时的“大鹏”。有时好天抬头不见一瓣云的时候听着惚忱忱的叫响，我们就知道那是宝塔上的饿老鹰寻食吃来了，这一想象半天里秃顶圆睛的英雄，我们背上的小翅膀骨上就仿佛豁出了一锉锉铁刷似的羽毛，摇起来呼呼响的，只一摆就冲出了书房门，钻入了玳瑁镶边的白云里玩儿去，谁耐烦站在先生书桌前晃着身子背早上上的多难背的书！啊，飞！不是那在树枝上矮矮地跳着的麻雀儿的飞；不是那凑天黑从堂匾后背冲出来赶蚊子吃的蝙蝠的飞；也不是那软尾巴软嗓子做窠在堂檐上的燕子的飞。要飞就得满天飞，风拦不住云挡不住地飞，一翅膀就跳过一座山头，影子下来遮得阴二十亩稻田的飞，到天晚飞倦了，就来绕着那塔顶尖顺着风向打圆圈做梦……听说饿老鹰会抓小鸡！

飞。人们原来都是会飞的。天使们有翅膀，会飞，我们初来时也有翅膀，会飞。我们最初来就是飞了来的，有的做完了事还是飞了去，他们是可羡慕的。但大多数人是忘了飞的，有的翅膀上掉了毛不长再也飞不起来，有的翅膀叫胶水给胶住了再也拉不开，有的羽毛叫人给修短了像鸽子似的只会在地上跳，有的拿背上一对翅膀上当铺去典钱使过了期再也赎不回……真的，我们一过了做孩子的日子，就掉了飞的本领。但没了翅膀或是翅膀坏了不能用是一件可怕的事。因为你再也飞不回去，你蹲在地上呆望着飞不上去的天，看旁人有福气地一程一程地在青云里逍遥，那多可怜。而且翅膀又不比是你脚上的鞋，穿烂了可以再问妈要一双去，翅膀可不成，折了一根毛就是一根，没法给补的。还有，单顾着你翅膀也还不定规到时候能飞，你这身子要是不谨慎养太肥了，翅膀力量小再也拖不起，也是一样难不是？一对小翅膀驮不起一个胖肚子，那情形多可笑！到时候你听人家高声地招呼说，朋友，回去吧，趁这天还有紫色的光，你听他们的翅膀在半空中沙沙的摇响，朵朵的春云跳过来拥着他们的肩背，望着最光明的来处翩翩的，冉冉的，轻烟似的化出了你的视域，像云雀似的只留下一泻光明的骤雨——“Thou art unseen, but yet I hear thy shrill delight”——那你，独自在泥涂里淹着，够多难受，够多懊恼，够多寒伧！趁早留神你的翅膀，朋友。

是人没有不想飞的。老是在这地面上爬着够多厌烦，不说别的。飞出这圈子，飞出这圈子！到云端里去，到云端里去！哪个心里不成天千百遍地这么想？飞上天空去浮着，看地球这弹丸在太空里滚着，从陆地看到海，从海再看回陆地。凌空去看一个明白——这才是做人的趣味，做人的权威，做人的交代。这皮囊要是太重挪不动，就掷了它，可能的话，飞出这圈子，飞出这圈子！

人类初发明用石器的时候，已经想长翅膀。想飞。原人洞壁上画的四不像，它的背上掮着翅膀；拿着弓箭赶野兽的，他那肩背上也给安了翅膀。小爱神是有一对粉嫩的肉翅的。挨开拉斯（Icarus）是人类飞行史里第一个英雄，第一次牺牲。安琪儿（那是理想化的人）第一个标记是帮助他们飞行的翅膀。那也有沿革——你看西洋画上的表现。最初像是一对小精致的令旗，蝴蝶似的粘在安琪儿们的背上，像真的，不灵动的。渐渐地翅膀长大了，地位安准了，毛羽丰满了。画图上的天使们长上了真的可能的翅膀。人类初次实现了翅膀的观念，彻悟了飞行的意义。挨开拉斯闪不死的灵魂，回来投生又投生。人类最大的使命，是制造翅膀；最大的成功，是飞！理想的极度，想象的止境，从人到神！诗是翅膀上出世的；哲理是在空中盘旋的。飞：超脱一切，笼盖一切，扫荡一切，吞吐一切。

你上那边山峰顶上试去，要是度不到这边山峰上，你就得到这万丈的深渊里去找你的葬身地！“这人形的鸟会有一天试他第一次的飞行，给这世界惊骇，使所有的著作赞美，给他所从来的栖息处永久的光荣。”啊，达文謇！

但是飞？自从挨开拉斯以来，人类的工作是制造翅膀，还是束缚翅膀？这翅膀，承上了文明的重量，还能飞吗？都是飞了来的，还都能飞了回去吗？钳住了，烙住了，压住了，——这人形的鸟会有试他第一次飞行的一天吗？……

同时天上那一点子黑的已经迫近在我的头顶，形成了一架鸟形的机器，忽地，机沿一侧，一球光直往下注，砰的一声炸响，——炸碎了我在飞行中的幻想，青天里平添了几堆破碎的浮云。

一片阳光

林徽因

放了假，春初的日子松弛下来。将午未午时候的阳光，澄黄的一片，由窗棂横浸到室内，晶莹地四处射。我有点发怔，习惯地在沉寂中惊讶我的周围。我望着太阳那湛明的体质，像要辨别它那交织绚烂的色泽，追逐它那不着痕迹的流动。看它洁净地映到书桌上时，我感到桌面上平铺着一种恬静，一种精神上的豪兴，情趣上的闲逸；即或所谓“窗明几净”，那里默守着神秘的期待，漾开诗的气氛。那种静，在静里似可听到那一处琤琮的泉流，和着仿佛是断续的琴声，低诉着一个幽独者自误的音调。看到这同一片阳光射到地上时，我感到地面上花影浮动，暗香吹拂左右，人随着晌午的光霭花气在变幻，那种动，柔谐婉转有如无声音乐，令人悠然轻快，不自觉地脱落伤愁。至多，在舒扬理智的客观里使我偶一回头，看看过去幼年记忆步履所留的残迹，有点儿惋惜时间；微微怪时间不能保存情绪，保存那一切情绪所曾流连的境界。

倚在软椅上不但奢侈，也许更是一种过失，有闲的过失。但东坡的辩护“懒者常似静，静岂懒者徒”，不是没有道理。如果此刻不倚榻上而“静”，则方才情绪所兜的小小圈子便无条件地失落了去！人家就不可惜它，自己却实在不能不感到这种亲密的损失的可哀。

就说它是情绪上的小小旅行吧，不走并无不可，不过走走未始不是更好。归根说，我们活在这世上到底最珍惜一些什么？果真珍惜万物之灵的人的活动所产生的种种，所谓人类文化？这人类文化到底又靠一些什么？我们怀疑或许就是人身上那一撮精神同机体的感觉，生理心理所共起的情感，所激发出的一串行为，所聚敛的一点智慧——那么一点点人之所以为人的表现。宇宙万物客观的本无所可珍惜，反映在人性上的山川草木禽兽才开始有了秀丽，有了气质，有了灵犀。反映在人性上的人自己更不用说。没有人的感觉，人的情感，即便有自然，也就没有自然的美，质或神方面更无所谓人的智慧，人的创造，人的一切生活艺术的表现！这样说来，谁该鄙弃自己感觉上的小小旅行？为壮壮自己胆子，我们更该相信唯其人类有这类情绪的驰骋，实际的世间才赓续着产生我们精神所寄托的文物精萃。

此刻我竟可以微微一咳嗽，乃至于用播音的圆润口调说：我们既然无疑地珍惜文化，即尊重盘古到今种种的艺术——无论是抽象的思想的艺术，或是具体的驾驭天然材料另创的非天然形象——则对于艺术所由来的渊源，那点点人的感觉，人的情感智慧（通称人的情绪），又当如何地珍惜才算合理？

但是情绪的驰骋，显然不是诗或画或任何其他艺术建造的完成。这驰骋此刻虽占了自己生活的若干时间，却并不在空间里占任何一个小小位置！这个情形自己需完全明了。此刻它仅是一种无踪迹的流动，并无栖身的形体。它或含有各种或可捉摸的质素，但是好奇地探讨这个质素而具体要表现它的差事，无论其有无意义，除却本人外，别人是无能为力的。我此刻为着一片清婉可喜的阳光，分明自己在对内心交流变化的各种联想发生一种兴趣的注意，换句话说，这好奇与兴趣的注意已是我此刻生活的活动。一种力量又迫着我来把握住这个活动，而设法表现它，这不易抑制的冲动，或即所谓艺术冲动也未可知！只记得冷静的杜工部散散步，看看花，也不免会有“江上被花恼不彻，无处告诉只颠狂”的情绪上一片紊乱！玲珑煦暖的阳光照人面前，那美的感人力量就不减于花，不容我生硬地自己把情绪分划为有闲与实际的两种，而权其轻重，然后再决定取舍的。我也只有情绪上的一片紊乱。

情绪的旅行本偶然的事，今天一开头并为着这片春初晌午的阳光，现在也还是为着它。房间内有两种豪侈的光常叫我的心绪紧张如同花开，趁着感觉的微风，深浅零乱于冷智的枝叶中间。一种是烛光，高高的台座，长垂的烛泪，熊熊红焰当帘幕四下时各处光影掩映。那种闪烁明艳，雅有古意，明明是画中景象，却含有更多诗的成分。另一种便是这初春晌午的阳光，到时候有意无意的大片子洒落满室，那些窗棂栏板几案笔砚浴在光霭中，一时全成了静物图案；再有红蕊细枝点缀几处，室内更是轻香浮溢，叫人俯仰全触到一种灵性。

这种说法怕有点会发生误会，我并不说这片阳光射入室内，需要笔砚花香那些儒雅的托衬才能动人，我的意思倒是：室内顶寻常的一些供设，只要一片阳光这样又幽娴又洒脱地落在上面，一切都会带上另一种动人的气息。

这里要说到我最初认识的一片阳光。那年我六岁，记得是刚刚出了水珠以后——水珠即寻常水痘，不过我家乡的话叫它作水珠。当时我很喜欢那美丽的名字，忘却它是一种病，因而也觉到一种神秘的骄傲。只要人过我窗口问问出"水珠"吗？我就感到一种荣耀。那个感觉至今还印在脑子里。也为这个缘故，我还记得病中奢侈的愉悦心境。虽然同其他多次的害病一样，那次我仍然是孤独地被囚禁在一间房屋里休养的。那是我们老宅子里最后的一进房子；白粉墙围着小小院子，北面一排三间，当中夹着一个开敞的厅堂。我病在东头娘的卧室里。西头是婶婶的住房。娘同婶永远要在祖母的前院里行使她们女人的职务的，于是我常是这三间房屋唯一留守的主人。

在那三间屋子里病着，那经验是难堪的。时间过得特别慢，尤其是在日中毫无睡意的时候。起初，我仅集注我的听觉在各种似脚步，又不似脚步的上面。猜想着，等候着，希望着人来。间或听听隔墙各种琐碎的声音，由墙基底下传达出来又消敛了去。过一会儿，我就不耐烦了——不记得是怎样的，我就蹑着脚，挨着木床走到房门边。房门向着厅堂斜斜地开着一扇，我便扶着门框好奇地向外探望。

那时大概刚是午后两点钟光景，一张刚开过饭的八仙桌，异常寂寞地立在当中。桌下一片由厅口处射进来的阳光，泄泄融融地倒在那里。一个绝对悄寂的周围伴着这一片无声的金色的晶莹，不知为什么，忽使我六岁孩子的心里起了一次极不平常的振荡。

那里并没有几案花香，美术的布置，只是一张极寻常的八仙桌。如果我的记忆没有错，那上面在不多时间以前，是刚陈列过咸鱼、酱菜一类极寻常俭朴的午餐的。小孩子的心却呆了。或许两只眼睛倒张大一点，四处地望，似乎在寻觅一个问题的答案。为什么那片阳光美得那样动人？我记得我爬到房内窗前的桌子上坐着，有意无意地望望窗外，院里粉墙疏影同室内那片金色和煦绝然不同趣味。顺便我翻开手边娘梳妆用的旧式镜箱，又上下摇动那小排状抽屉，同那刻成花篮形的小铜坠子，不时听雀跃过枝清脆的鸟语。心里却仍为那片阳光隐着一片模糊的疑问。

时间经过二十多年，直到今天，又是这样一泄阳光，一片不可捉摸，不可思议流动的而又恬静的瑰宝，我才明白我那问题是永远没有答案的。事实上仅是如此：一张孤独的桌，一角寂寞的厅堂，一只灵巧的镜箱，或窗外断续的鸟语，和水珠——那美丽小孩子的病名——便凑巧永远同初春静沉的阳光整整复斜斜地成了我回忆中极自然的联想。

简单生活

周国平

一

在五光十色的现代世界中，让我们记住一个古老的真理：活得简单才能活得自由。

二

自古以来，一切贤哲都主张过一种简朴的生活，以便不为物役，保持精神的自由。

事实上，一个人为维持生存和健康所需要的物品并不多，超乎此的属于奢侈品。它们固然提供享受，但更强求服务，反而成了一种奴役。

现代人是活得愈来愈复杂了，结果得到许多享受，却并不幸福，拥有许多方便，却并不自由。

三

一切奢侈品都给精神活动带来不便。

四

有钱又有闲当然幸运，倘不能，退而求其次，我宁做有闲的穷人，不做有钱的忙人。

我爱闲适胜于爱金钱。金钱终究是身外之物，闲适却使我感到自己是生命的主人。

五

只有一次的生命是人生最宝贵的财富，但许多人宁愿用它来换取那些次宝贵或不甚宝贵的财富，把全部生命耗费在学问、名声、权力或金钱的积聚上。

他们临终时当如此悔叹："我只是使用了生命，而不曾享受生命！"

六

人们不妨赞美清贫，却不可讴歌贫困。人生的种种享受是需要好的心境的，而贫困会剥夺好的心境，足以扼杀生命的大部分乐趣。

金钱的好处便是使人免于贫困。

但是，在提供积极的享受方面，金钱的作用极其有限。人生最美好的享受，包括创造、沉思、艺术欣赏、爱情、亲情等等，都非金钱所能买到。原因很简单，所有这类享受皆依赖于心灵的能力，而心灵的能力是与钱包的鼓瘪毫不相干的。

七

智者的共同特点是：一方面，最少的物质就能使他们满足；另一方面，再多的物质也不能使他们满足。

八

一个人可以凭聪明、勤劳和运气挣许多钱，但如何花掉这些钱却要靠智慧了。

如何花钱比如何挣钱更能见出一个人的品位高下。

九

金钱，消费，享受，生活质量——当我把这些相关的词排列起来时，我忽然发现它们有一种递减关系：金钱与消费的联系最为紧密，与享受的联系要弱一些，与生活质量的联系就更弱。因为至少，享受不限于消费，还包括创造，生活质量不只看享受，还要看承受苦难的勇气。在现代社会里，金钱的力量有目共睹，但是这种力量肯定没有大到足以修改我们对生活的基本理解。

快乐

梁实秋

天下最快乐的事大概莫过于做皇帝。“首出庶物，万国咸宁。”至不济可以生杀予夺，为所欲为。至于后宫粉黛三千，御膳八珍罗列，更是不在话下。清乾隆皇帝，“称八旬之觞，镌十全之宝”，三下江南，附庸风雅。那副志得意满的神情，真是不能不令人兴起“大丈夫当如是也”的感喟。

在穷措大眼里，九五之尊，乐不可支。但是试起古今中外的皇帝于地下，问他们一生中是否全是快乐，答案恐怕相当复杂。西班牙国王拉曼三世（Abder Rahman Ⅲ，960）说过这么一段话：

> 我于胜利与和平之中统治全国约 50 年，为臣民所爱戴，为敌人所畏惧，为盟友所尊敬。财富与荣誉，权力与享受，呼之即来，人世间的福祉，从不缺乏。在这情形之中，我曾勤加计算，我一生中纯粹的真正幸福日子，

总共仅有十四天。

御宇五十年，仅得十四天真正幸福日子。我相信他的话。宸谟睿略，日理万机，很可能不如闲云野鹤之怡然自得。于此我又想起从一本英语教科书上读到的一篇寓言。题目是《一个快乐人的衬衫》。某国王，端居大内，抑郁寡欢，虽极耳目声色之娱，而王终不乐。左右纷纷献计，有一位大臣言道：如果在国内找到一位快乐的人，把他的衬衫脱下来，给国王穿上，国王就会快乐。王韪其言，于是使者四出寻找快乐的人。访遍了朝廷显要，朱门豪家，人人都有心事，家家都有一本难念的经，都不快乐。最后找到一位农夫，他耕罢在树下乘凉，裸着上身，大汗淋漓。使者问他："你快乐吗?"农夫说："我自食其力，无忧无虑！快乐极了！"使者大喜，便索取他的衬衣。农夫说："哎呀！我没有衬衣。"这位农夫颇似我们的禅门之"一丝不挂"。

常言道，"境由心生"，又说"心本无生因境有"。总之，快乐是一种心理状态。内心湛然，则无往而不乐。吃饭睡觉，稀松平常之事，但是其中大有道理。大珠《顿悟入道要门论》："有源律师来问：'和尚修道，还用功否?'师曰：'用功。'曰：'如何用功?'师曰：'饥来吃饭，困来即眠。'曰：'一切人总如是，同师用功否?'师曰：'不同。'曰：'何故不同?'师曰：'他吃饭时不肯吃饭，百种须索，睡时不肯睡，千般计较。所以不同也。'律师杜口。"可是修行到心无挂碍，却不是容易事。我认识一位唯心论的学者，平素昌言意志自由，忽然被人绑架，系于暗室十有余日，备受凌辱，释出后他对我说："意志自由固然不诬，但是如今我才知道身体自由更为重要。"常听人说烦恼即菩提，我们凡人遇到烦恼只是深感烦恼，不见菩提。快乐是在心里，不假外求，求即往往不得，较为烦恼。叔本华的哲学是：苦痛乃积极的实在的东西，幸福快乐乃消极的根本不存在的东西。所谓快乐幸福乃是解除苦痛之谓。没有苦痛便是幸福。再进一步看，没有苦痛在先，便没有幸福在后。梁任公（梁启超）先生曾说："人生最快乐的事，莫过于看着一件工作的完成。"在工作过程之中，有苦恼也有快乐，等到大功告成，那一份"如愿以偿"的快乐便是至高无上的幸福了。

有时候，只要把心胸敞开，快乐也会逼人而来。这个世界，这个人生，有其丑恶的一面，也有其光明的一面。良辰美景，赏心乐事，随处皆是。智者乐水，仁者乐山。雨有雨的趣，晴有晴的妙。小鸟跳跃啄食，猫狗饱食酣睡，哪一样不令人看了觉得快乐？就是在路上，在商店里，在机关里，偶尔遇到一张笑容可掬的脸，能不令人快乐半天？有一回我住进医院里，僵卧了十几天，病愈出院，刚迈出大门，陡见日丽中天，阳光普照，照得我睁不开眼，又见市廛熙攘，光怪陆离，我不由得从心里欢叫起来："好一个艳丽盛装的世界！"

"幸遇三杯酒美，况逢一朵花新。"我们应该快乐。

脚步声

陆文夫

照理不应该被自己的脚步声吓住，因为在少年时我就在黑暗无人的旷野间听到过此种脚步声。那时我住在江边的一个水陆码头上，那里没有学校，只有二里路外的村庄上有一位塾师在那里授馆，我只能去那里读书。那位塾师要求学生们苦读，即使不头悬梁，锥刺股，却也要“闻鸡起舞”，所谓闻鸡起舞就是在鸡鸣时分赶到学塾里去读早书。农村里没有钟，全靠鸡报时。“雄鸡一唱天下白”，那是诗句，实际上鸡叫头遍时只是曙色萌动，到天下大白还有一段黎明前的黑暗。我在这黑暗中向两华里之外的学塾走去，周围寂静无声，却听到身后有沙沙的脚步声，好像是谁尾随着我，回头看时却又什么也没有。那时以为是鬼，吓得向前飞奔，无论你奔得多快，那声音总是紧紧相随，你快它也快，你停它也停。奔到学塾里上气不接下气地告诉塾师，塾师睡在床上教导我说：“你不要怕鬼，鬼不伤害读书人。你倒是要当心人，坏人会来剥你的衣裳，抢你的钱。”

老师的教导我终身不忘，多少年来我在黑暗的旷野中行走时从来不怕鬼，只怕人，怕人在暗地里给你一拳，或者是背后捅你一刀。不过，这种担心近年来也淡忘了，因为近年来我很少在黑暗的旷野中行走，也很少听到自己的脚步声。

是的，我听不到自己的脚步声已有多年了，多年来在繁华的城市里可以听到各种各样奇妙的声响：有慷慨陈词，有嘁嘁私语，有无病的呻吟，也有无声的哭泣；有舞厅里重低音的轰鸣，也有警车呼啸着穿城而过……喧嚣，轰鸣，什么声音都有，谁还能听到自己的脚步声？

要想听到自己的脚步声，好像必须是在寂寞的时候，在孤苦的时候，在泥泞中跋涉或是穿过荒郊与空林的时候，这时候你才能清晰地听到自己的脚步声：那么沉重，那么迟疑，那么拖沓而又疲惫；踯躅不前时你空有叹息，无故狂奔后又不停地喘息。那种脚步声能够清楚地告诉你，你在何处，你是从哪里来，又欲走向何处。那脚步声还会清楚地告诉你，它永远也不可能把你送到你心中的目的地。

在都市的喧嚣声中，凡夫俗子们不可能听到自己的脚步声，你一出门，甚至不出门便可听到整个世界有一种嗡嗡的轰鸣，分不清是哭是笑是哽咽，分不清是争吵不休还是举杯共饮，分不清是胡言乱语还是壮志凌云，分不清那事物到底是假是真，分不清来者是哪个星球上的人。弄到最后你自己也分不清自己了，人人都好像不是用自己的脚在走路，而是被一种看不见的力量在向前推。很难听得见自己的脚步声了，只听得耳边呼呼风响，眼前车轮滚滚，你不知道是在何处，忘记了是从哪里来，又到哪里去。行动就是一切。

偶尔回到空寂的林间来了，又听到了自己的脚步声。听到这种声音的时候，似乎觉得有一股和煦的风，一股清冽的水穿过了心头。好像又回到了青少年时代，好像又回到了孤寂的时候。仔细听听，还是那从前的脚步声，悠闲而有些自信，只是声音变得更加轻微，还有疲惫之意。是的，我从乡间走来，迈过泥泞的沼泽，走过碧野千里，那脚步当然会失去了原有的弹跳力，可它还是存在着，还是和我紧紧相随，有这一点也就聊以自慰。我不希望那脚步会把我送到我心中的目的地，那个目的地是永远也不会达到的，如果我能达到的话，后来者又何必去跋涉？

心中的目标虽然难以达到，脚步却也没有白费，每走一步都是有收获的。痛苦是一种收获，艰难是一种收获，哭泣也是一种必不可少的体验，要不然你怎么会知道欢乐、顺利和仰天大笑是什么滋味？能走总是美好的。我不敢多走了，在湖边的岩石上坐下来，想留下前面的路慢慢地走，不必那么急匆匆地一下子就走完。

太阳从不担心明天的路，一下子便走到了水天相接处，依偎在一座青山的旁边。我向湖中一看，突然看见有一条金色的光带铺在平静的湖水上，从日边一直铺到我面前，铺到我脚下的岩石边，像一条宽阔的金光大道，只要我一抬脚，就可以沿着这条金光大道一直走到日边，走到天的尽头，看起来路途也不遥远，走起来也十分方便。这种景象我见过多次了，它是一种诱惑、一种人生的畅想曲，好像生活的路就是一条金色的路，跃身而下就可以走到天的尽头，走到你心中设想的目的地。可你别忙，你只需呆呆地在岩石上多坐片刻，坐到太阳下沉之后，剩下的就只有一片白茫茫的湖水，你没有金光大道可走，还得靠那沉重的脚步老老实实地挪向前。

1994年5月10日

（本文选入时有删减）

过小百姓的生活

梁晓声

妹妹：

见字如面。知大伟学习成绩一向优异，我很高兴。在孙女外孙女中，母亲最喜欢大伟。每每说起大伟如何如何疼姥姥，善解人意。我也认为她是个非常懂事的孩子。她学习努力，并且爱学习，不以为苦，善于从学习中体会到兴趣，这一点实在是难能可贵的。因而要由做父母的克服一切生活困难，成全孩子的学志。否则，便是家长的失责。前几次电话中，我也忘了问你自己的身体情况了。两年前动那次手术，愈后如何？该经常到医院去进行复查才是。

我知道，你一向希望我调动调动在哈市的战友关系、同学关系，替你们几个弟弟妹妹，转一个经济效益较好的单位，谋一份较稳定的工薪，以免你们的后顾之忧，也免我自己的后顾之忧。不错，我当年的某些知青战友、中学同学，如今已很有几位当了处长、局长，掌握了一定的权力。但我不经常回哈市，与他们的关系都有点儿疏淡了。倘为了一种目的，一次次地回哈重新联络感情，铺垫友谊，实在是太违我的性情。他们当然对我都是很好的。我一向将我和他们之间的感情、友情，视为“不动产”。唯恐一运用，就贬值了。所以，你们几个弟弟妹妹的某些困难，还是由我个人来和你们分担吧！何况，如今之事，县官不如现管。便是我吞吞吐吐地开口了，他们也往往会为难。有一点是必须明白的——我这样的一个写小说的人，与某些政府官员之间，倘论友谊，那友谊也更是从前的某种特殊感情的延续。能延续到如今，已太具有例外性。这一种友谊在现实之中的基础，其实是较为薄脆的，因而尤需珍视。好比捏的江米人儿，存在着便是美好的。但若以为在腹空时可以充饥，则大错特错了。既不能抵一块巧克力什么的，也同时毁了那美好。更何况，如说友谊也应具有相互帮助的意义，那么也只有我求人家帮我之时，而几乎没有我也能助人家之日。我一个写小说的，能指望自己在哪一方面帮助别人呢？帮助既已注定了不能互相，我也就很有自知之明，封唇锁舌，不吐求字了。

除了以上原因，大约还有天性上的原因吧？那一种觉得“上山擒虎易，开口告人难”的天性，我想一定是咱们的父亲传给我的。我从北影调至童影，搬家我也没求过任何一个人。是靠了自行车、平板车，老鼠搬家似的搬了一个多星期。有天我一个人往三楼用背驮一只沙发，被清洁工赵大爷撞见了，甚为愕异。后来别人告诉我，他以为我人际关系太恶，连个肯帮自己搬家的人都找不到。当然，像我这么个性极端了，也不好。我讲起这件事，是想指出——哈尔滨人有一种太不可取的“长”处，那就是几乎将开口求人根本不当成一回事儿。本能自己想办法解决之事，也不论值不值得求人，哪怕刚刚认识，第二天就好意思相求。使对方犯难自己也不在乎。遭到当面回绝还不在乎。总之仿佛是习惯，是传统。好比一边走路一边踢石头，碰巧踢着的不是石头，是一把打开什么锁的钥匙，则兴高采烈。一路踢不着一把钥匙，却也不懊恼。继续地一路走一路踢将下去。石头碰疼了脚，皱皱眉而已。今天你求我，明天我求你，非但不能活得轻松，我以为反而会活得很累。

我主张首先设想我们在生活中所遇到的困难，乃是没有任何人可求任何人也帮不上忙的。主张首先自己将自己置在孤立无援的境地。而这么一来，结果却很可能是——我们发现，某些困难，并非我们估计的那么不可克服。某些办成什么事的目的，即使没有达到，也并非我们估计的那么损失严重。我们会发现，有些目的，放弃了也就放弃了。企望怎样而最终没有怎样，人不是照活吗？我常想，我们的父亲，一个闯关东闯到东北的父亲，一个身无分文只有力气可出卖的山东汉子，当年遇到了困难又去求谁啊！我以为，有些时候，有些情况下，对小百姓而言，求人简直意味着高息贷款。我此话非是指求人要给人好处，而是指付出的利息往往是人的志气。没了这志气，人活着的状态，往往便自行地瘫软了。

妹妹，为了过好一种小百姓的生活而永远地打起精神来！小百姓的生活是近在眼前伸手就够得到的生活。正是这一种生活才是属于我们的。牢牢抓住这一种生活，便不必再去幻想别的某种生活。最近我常想，这地球上的绝大多数人，其实都在各个不同的国家，各种不同的生活水平线上，过着小百姓的生活。生活中最不可或缺的，我以为乃是温馨二字。没了温馨的生活，那还是生活吗？温馨是某种舒适，但又不完全仅仅是舒适。许多种生活很舒适，但是并不温馨。温馨是一种远离大与奢的生活情境。一幢豪宅往往只能与富贵有关。富贵不是温馨。温馨是那豪宅中的小卧室，或者小客厅。温馨往往是属于一种小的生活情境。富人们其实并不能享受到多少温馨。他们因其富，注定要追求大追求奢追求华靡。而温馨甚至是可以在穷人的小破房里呈现着的生活情境。温馨乃是小百姓的体会和享受。我说这些，意思是想强调——房子小一点儿没关系。只要小百姓主人勤快，收拾得干干净净就好。工资收入低一点儿没关系，只要小百姓自己善于节俭持家就好。只要小百姓善于为了贴补生活再靠诚实的劳动挣点儿钱就好。哪怕是双休日在家里揽点儿计件的活儿。在小的住房里，靠低的工资，勤勤快快，节节俭俭，和和睦睦地生活，即为小百姓差不多都能把握得住的温馨日子，小百姓的幸福生活。这样的生活，绝对是我们想过上便能过上的。还记得我们小时候，我们将一个破家粉刷得多亮堂，收拾得多干净啊！每查卫生，几乎总得红旗。我们小时候，家里的日子又是多么的困难啊！但不也有许多温馨的时候吗？

在物质生活方面，我是一个绝对的胸无大志之人。但愿你们也是。不要说小百姓只配过小日子的沮丧话，而要换一种思想方法，多体会小百姓的小日子的某些温馨。并且要像编织鸟一样，编织一个小小的温馨的家，将小百姓的每一个日子，从容不迫地细细地品咂着过。你千万不要笑我阿 Q 精神大发扬。这不是在用阿 Q 精神麻痹你，而是在教你这样一个道理——任何情况之下，只要不是苦役式的命运，完全没有自由的生活，那么人至少可取两种不同的生活态度，至少可实际地选择两种不同的生活——积极的态度和消极的态度，较乐观的生活和非常沮丧的生活。而这也就意味着获得同一情况之下两种不同的生活质量……

哈市国有企业的现状是严峻的，令人堪忧的。东三省大多数国有企业的现状都是严峻的，这是一个艰难时代。对普通的国有企业的工人尤其艰难。据我看来，绝非短时期内能全面改观的。国家有国家的难处，这难处不是一位英明人物的英明头脑，或一项英明决策所能一朝解决的。这个体制的负载早已太沉重了。从前中国工人的活法是七分靠国家，三分靠自己的。现在看必得反过来了，必得七分靠自己，三分靠国家了。那三分，便是国家对国有企业的工人阶级的责任。它大约也只能负起这么多责任了。这责任具有历史性。

既然必得七分靠自己了，你打算怎样，该认真想想。你来信说打算提前退休或干脆辞职。我支持。这就等于与自己所依赖惯了的体制彻底解除“婚约”了。这需要很大的勇气。因为你毕竟有别于年轻人。而且得清楚，那体制不会像一个富有的丈夫似的，补偿你什么。届时你的心态应该平衡。不能被某种“吃了大亏”的想法长久纠缠住。而最主要的，是你做出决定前必得有自知之明，反复问自己什么是想干的，什么是能干的。在想干的和能干的之间，一定要确定客观实际的选择。

总之，你一旦决定了，你的困难，二哥会尽全力周济帮助的。

过些日子，我会嘱出版社寄一笔稿费去的。

抽时间去医院看望大哥。

今天，我集中精力写信。除了给你们三个弟弟妹妹写信，还要抓紧时间再写几封。告诉大伟，说二舅问她好。也替我问春雨好。嘱他干活注意安全。

余言后叙。

兄晓声

1996 年 5 月 3 日于北京

我的理想家庭

老舍

我的理想家庭要有七间小平房：一间是客厅，古玩字画全非必要，只要几把很舒服宽松的椅子，一二小桌。一间书房，书籍不少，不管什么头版与古本，而都是我所爱读的。一张书桌，桌面是中国漆的，放上热茶杯不至烫成个圆白印儿。文具不讲究，可是都很好用。桌上老有一两枝鲜花，插在小瓶里。两间卧室，我独居一间，没有臭虫，而有一张极大极软的床。在这个床上，横睡直睡都可以，不论咋睡都一躺下就舒服合适，好像陷在棉花堆里，一点也不碰硬骨头。还有一间，是预备给客人住的。此外是一间厨房，一个厕所，没有下房，因为根本不预备用仆人。家中不要电话，不要播音机，不要留声机，不要麻将牌，不要风扇，不要保险柜。缺乏的东西本来很多，不过这几项是故意不要的，有人白送给我也不要。

院子必须很大，靠墙有几株小果木树。除了一块长方的土地，平坦无草，足够打开太极拳的。其他的地方就都种着花草——没有一种珍贵费事的，只求昌茂多花。屋中至少有一只花猫，院中至少也有一两盆金鱼；小树上悬着小笼，二三绿蝈蝈随意地鸣着。

这就该说到人了。屋子不多，又不要仆人，人口自然不能很多：一妻和一儿一女就正合适。先生管擦地板与玻璃，打扫院子，收拾花木，给鱼换水，给蝈蝈一两块绿黄瓜或几个毛豆；并管上街送信买书等事宜。太太管做饭，女儿任助手——顶好是十二三岁，不准小也不准大，老是十二三岁。儿子顶好是三岁，既会讲话，又胖胖的会淘气。母女于做饭之外，就做点针线，看小弟弟。大件衣服拿到外边去洗，小件的随时自己涮一涮。

这一家子人，因为吃得简单干净，而一天到晚不闲着，所以身体都很不坏。因为身体好，所以没有肝火，大家都不爱闹脾气。除了为小猫上房、金鱼甩子等事着急之外，谁也不急叱白脸的。

大家的相貌也都很体面，不令人望而生厌。衣服可并不讲究，都做得很结实朴素；永远不穿又臭又硬的皮鞋。男的很体面，可不露电影明星气；女的很健美，可不红唇卷毛的鼻子朝着天。孩子们都不卷着舌头说话，淘气而不讨厌。

这个家庭顶好是在北平，其次是成都或青岛，至坏也得在苏州。无论怎样吧，反正必须在中国，因为中国是顶文明平安的国家；理想的家庭必须在理想的国家内也。

（本文选入时有删减）

渐

丰子恺

使人生圆滑进行的微妙的要素，莫如“渐”；造物主骗人的手段，也莫如“渐”。在不知不觉之中，天真烂漫的孩子“渐渐”变成野心勃勃的青年；慷慨豪侠的青年“渐渐”变成冷酷的成人；血气旺盛的成人“渐渐”变成顽固的老头子。因为其变更是渐进的，一年一年地、一月一月地、一日一日地、一时一时地、一分一分地、一秒一秒地渐进，犹如从斜度极缓的长远的山坡上走下来，使人不察其递降的痕迹，不见其各阶段的境界，而似乎觉得常在同样的地位，恒久不变，又无时不有生的意趣与价值，于是人生就被确实肯定，而圆滑进行了。假使人生的进行不像山坡而像风琴的键板，由 do 忽然移到 re，即如昨夜的孩子今朝忽然变成青年；或者像旋律的“接离进行”地由 do 忽然跳到 mi，即如朝为青年而夕暮忽成老人，人一定要惊讶、感慨、悲伤，或痛感人生的无常，而不乐为人了。故可知人生是由“渐”维持的。这在女人恐怕尤为必要：歌剧中，舞台上的如花的少女，就是将来火炉旁边的老婆子，这句话，骤听使人不能相信，少女也不肯承认，实则现在的老婆子都是由如花少女“渐渐”变成的。

人之能堪受境遇的变衰，也全靠这“渐”的助力。巨富的纨绔子弟因屡次破产而“渐渐”荡尽其家产，变为贫者；贫者只得做佣工，佣工往往变为奴隶，奴隶容易变为无赖，无赖与乞丐相去甚近，乞丐不妨做偷儿……这样的例子，在小说中，在实际上，均多得很。因为其变衰是延长为十年二十年而一步一步地“渐渐”地达到的，在本人不感到什么强烈的刺激。故虽到了饥寒病苦刑笞交迫的地步，仍是熙熙然贪恋着目前的生的欢喜。假如一位千金之子忽然变了乞丐或偷儿，这人一定愤不欲生了。

这真是大自然的神秘的原则，造物主的微妙的功夫！阴阳潜移，春秋代序，以及物类的衰荣生杀，无不暗合于这法则。由萌芽的春“渐渐”变成绿荫的夏，由凋零的秋“渐渐”变成枯寂的冬。我们虽已经历数十寒暑，但在围炉拥衾的冬夜仍是难于想象饮冰挥扇的夏日的心情，反之亦然。然而由冬一日一日地、一时一时地、一分一分地、一秒一秒地移向夏，由夏一日一日地、一时一时地、一分一分地、一秒一秒地移向冬，其间实在没有显著的痕迹可寻。昼夜也是如此：傍晚坐在窗下看书，书页上“渐渐”地黑起来，倘不断地看下去（目力能因了光的渐弱而渐渐加强），几乎可以永远认识书上的字迹，即不觉昼之已变为夜。黎明凭窗，不瞬目地注视东天，也不辨自夜向昼推进的痕迹。儿女渐渐长大起来，在朝夕相见的父母全不觉得，难得见面的远亲就相见不相识了。往年除夕，我们曾在红蜡烛底下守候水仙花的开放，真是痴态！倘水仙花果真当面开放给我们看，便是大自然的原则的破坏，宇宙的根本的摇动，世界人类的末日临到了！

“渐”的作用，就是用每步相差极微极缓的方法来隐蔽时间的过去与事物的变迁的痕迹，使人误认其为恒久不变。这真是造物主骗人的一大诡计！这有一个比喻的故事：某农夫每天朝晨抱了犊而跳过一沟，到田里去工作，夕暮又抱了它跳过沟回家。每日如此，未尝间断。过了一年，犊已渐大，渐重，差不多变成大牛，但农夫全不觉得，仍是抱了它跳沟。有一天他因事停止工作，次日再就不能抱了这牛而跳沟了。造物的骗人，使人流连于其每日每时的生的欢喜而不觉其变迁与辛苦，就是用这个方法的。人们每日在抱了日重一日的牛而跳沟，不准停止。自己误以为是不变的，其实每日在增加其苦劳！

我觉得时辰钟是人生的最好的象征了。时辰钟的针，平常一看总觉得是“不动”的；其实人造物中最常动的无过于时辰钟的针了。日常生活中的人生也如此，刻刻觉得我是我，似乎这“我”永远不变，实则与时辰钟的针一样地无常！一息尚存，总觉得我仍是我，我没有变，还是流连着我的生，可怜受尽“渐”的欺骗！

“渐”的本质是“时间”。时间我觉得比空间更为不可思议，犹之时间艺术的音乐比空间艺术的绘画更为神秘。因为空间姑且不追究它如何广大或无限，我们总可以把握其一端，认定其一点。时间则全然无从把握，不可挽留，只有过去与未来在渺茫之中不绝地相追逐而已。性质上既已渺茫不可思议，分量上在人生也似乎太多。因为一般人对于时间的悟性，似乎只够支配搭船乘车的短时间；对于百年的长期间的寿命，他们不能胜任，往往迷于局部而不能顾及全体。试看乘火车的旅客中，常有明达的人，有的宁可牺牲暂时的安乐而让其座位于老弱者，以求心的太平（或博暂时的美誉）；有的见众人争先下车，而退在后面，或高呼："勿要轧，总有得下去的！""大家都要下去的！"然而在乘"社会"或"世界"的大火车的"人生"的长期的旅客中，就少有这样的明达之人。所以我觉得百年的寿命，定得太长。像现在的世界上的人，倘定他们搭船乘车的期间的寿命，也许在人类社会上可减少许多凶险残惨的斗争，而与火车中一样的谦让、和平，也未可知。

然人类中也有几个能胜任百年的或千古的寿命的人，那是"大人格""大人生"。他们能不为"渐"所迷，不为造物所欺，而收缩无限的时间并空间于方寸的心中。故佛家能纳须弥于芥子。中国古诗人（白居易）说："蜗牛角上争何事？石火光中寄此生。"英国诗人（Blake）也说："一粒沙里见世界，一朵花里见天国；手掌里盛住无限，一刹那便是永劫。"

第二章

对一朵花微笑

心灵的花园

梁晓声

谁不希望拥有一个小小花园？哪怕是一丈之地呢！若有，当代人定会以木栅围起。那木栅，我想也定会以各人的条件和意愿，摆弄得尽可能地美观。然后在春季撒下花种，或者移栽花秧。于是，企盼着自己喜爱的花儿，日日地生长，吐蕾，在夏季里散紫翻红开成一片。虽在秋季里凋零却并不忧伤。仔细收下了花籽儿，待来年再种，相信花儿能开得更美……

真的，谁不曾怀有过这样的梦想呢？

都市寸土千金，地价炒得越来越高。今后将更高。拥有一个小小花园的希望，对寻常之辈不啻是一种奢望，一种梦想。某些副部级以上的干部，而且是老资格的，才可能希望成现实。于是令寻常之人羡眼乜斜。

我想，其实谁都有一个小小花园，谁都是有苗圃之地的，这便是我们的内心世界。人的智力需要开发，人的内心世界也是需要开发的。人和动物的区别，除了众所周知的诸多方面，恐怕还在于人有内心世界。心不过是人的一个重要脏器，而内心世界是一种景观，它是由外部世界不断地作用于内心渐渐形成的。每个人都无比关注自己及至亲至爱之人心脏的健损，以至于稍有微疾便惶惶不可终日。但并非每个人都关注自己及至亲至爱之人的内心世界的阴晴，己所无视，遑论他人？

我常“侍弄”我心灵的苗圃。身已不健，心倘尤秽，又岂能活得好些？职业的缘故，使我惯对自己和他人的心灵予以研究。结论是——心灵，亦即我所言内心世界，是与人的身体健康同样重要的。故保健专家和学者们开口必言的一句话，不仅仅是“身体健康”而且是“身心健康”。

我爱我的儿子梁爽。他小学五年级（1994 年）。这正是一个人的内心世界开始形成的年龄。我也常教他学会如何“侍弄”他那小小心灵的苗圃。“侍弄”这个词，用在此处是很勉强的，不那么贴切，姑借用之吧！意思无非是——人自己的内心世界如果自己惰于拂拭，是会浮尘厚积、杂草丛生的。也许有人联系到禅家的一桩“公案”——“时时勤拂拭，莫使惹尘埃”之说的“俗”和“心中无一物，何处惹尘埃”之说的“彻悟”。

我系俗人，仅能以俗人的观念和方式教子。至于禅家乃至禅祖们的某些玄言，我一向是抱大不恭的轻慢态度的。认为除了诡辩技巧的机智，没什么真的“深奥”。现代人中，我不曾结识过一个内心完全“虚空”的。满口“虚空”，实际上内心物欲充盈、名利不忘的，倒是大有人在。何况我又不想让我的儿子将来出家，做什么云游高僧。故我对儿子首先的教诲是——人的内心世界，或言人的心灵，大概是最容易招惹尘埃、沾染污垢的，“时时勤拂拭”也无济于事。心灵的清洁卫生只能是相对的，好比人的居处的清洁卫生只能是相对的。而根本不拂拭，甚至不高兴别人指出尘埃和污垢，则是大不可取的态度，好比病人讳疾忌医。

一次儿子放学回到家里，进屋就说：“爸爸，今天 ×× 同学的红领巾被老师收去了！”

我问为什么。

儿子回答：“犯错误了呗！把老师气坏了！”

那同学是他好朋友，但有些日子不到家里来玩了。我依稀记得他讲过，似乎老师要在他们两者之间选拔一名班干部。

我又问：“你高兴？”

他怔怔地瞪着我。

我将他召至跟前，推心置腹地问：“跟爸爸说实话，你是不是因此而高兴？”

他便诚实地回答：“有点儿。”

我说：“你学过一个词，叫‘幸灾乐祸’，你能正确解释这个词吗？”

他说：“别人遭到灾祸时自己心里高兴。”

我说：“对。当然，红领巾被老师收去了，还算不得什么灾。但是，你心里已有了这种'幸灾乐祸'的根苗，那么你哪一天听说他生病了，住院了，甚至生命有危险了，说不定你内心里也会暗暗地高兴。”

儿子的目光告诉我，他不相信自己会那样。

我又说：“为什么他的红领巾被老师收去了，你会高兴呢？让爸爸替你分析分析，你想一想对不对？——如果你们老师并不打算在你们两个之间选拔一名班干部，你倒未必幸灾乐祸。如果你心里清楚，老师最终选拔的肯定是你，你也未必幸灾乐祸。你之所以幸灾乐祸，是因为自己感到，他和你被选拔的可能性是相等的，甚至他被选拔的可能性更大些。于是你才因为他犯了错误，惹老师生气了而高兴。你觉得，这么一来，他被选拔的可能性缩小，你自己被选拔的可能性就增大了。你内心里这一种幸灾乐祸的想法，完全是由嫉妒产生的。你看，嫉妒心理多丑恶呀，它竟使人对朋友也幸灾乐祸！”

儿子低下了头。

我接着说：“如果他并没犯错误，而老师最终选拔他当了班干部，你现在幸灾乐祸，就可能变成一种内心里的愤恨了。那就叫嫉妒的愤恨。人心里一旦怀有这一种嫉妒的愤恨，就会进一步干出不计后果，危害别人危害社会的事，最后就只有自食恶果。一切怀有嫉妒的愤恨的人，最终只有那样一个下场……”

接着我给他讲了两件事——有两个女孩儿，她们原本是好朋友，又都是从小学芭蕾的。一次，老师要从她们两人中间选一个主角。其中一个，认为肯定是自己，应该是自己，可老师偏偏选了另一个。于是，她就在演出的头一天晚上，将她好朋友的舞裙，剪成了一片一片的。另外有两个女孩儿，是一对小杂技演员。一个是“尖子”，也就是被托举起来的。另一个是“底座”，也就是将对方托举起来的。她们的演出几乎场场获得热烈的掌声。可那个“底座”不知为什么，内心里怀上了嫉妒，总是莫名其妙地觉得，掌声是为“尖子”一个人鼓的。她觉得不公平。日复一日的，那一种暗暗的嫉妒，就变成了嫉妒的愤恨。她总是盼望着她的“尖子”出点儿什么不幸才好。终于有一天，她故意失手，制造了一场不幸，使她的“尖子”在演出时当场摔成重伤……

最后我对儿子讲，如果那两个因嫉妒而干伤害别人之事的女孩儿，不是小孩儿是大人，那么她们的行为就是犯罪行为了……

儿子问：“大人也嫉妒吗？”

我说大人尤其嫉妒。一旦嫉妒起来尤其厉害。甚至会因嫉妒杀人放火干种种坏事。也有因嫉妒太久，又没机会对被嫉妒的人下手而自杀的……

我说，凡那样的大人，皆因从小的时候开始，就让嫉妒这颗种子，在心灵里深深扎了根。他们的内心世界，不是花园，不是苗圃，而是荆棘密布的乱石岗……

儿子问：“爸爸你也嫉妒过吗？”

我说我当然也嫉妒过，直到现在还时常嫉妒比自己幸运或某方面比自己优越比自己强的人。我说人嫉妒人是没有办法的事。从伟大的人到普通的人，都有嫉妒之心。没产生过嫉妒心的人是根本没有的。

儿子问："那怎么办呢?"

我说，第一，要明白嫉妒是丑恶的，是邪恶的。嫉妒和羡慕还不一样。羡慕一般不产生危害性，而嫉妒是对他人和社会具有危害性和危险性的。第二，要明白，不可能一切所谓好事，好的机会，都会理所当然地降临在你自己头上。当降临在别人头上时，你应对自己说，我的机会和幸运可能在下一次。而且，有些事情并不重要。比如对一个小学生来说，当上当不上班干部，并不说明什么。好好学习，才是首要的……

儿子虽然只有十一岁，但我经常同他谈心灵。不是什么谈心，而是谈心灵问题。谈嫉妒，谈仇恨，谈自卑，谈虚荣，谈善良，谈友情，谈正直，谈宽容……

不要以为那都是些大人们的话题。十一岁的孩子能懂这些方面的道理了。该懂了。而且，从我儿子，我认为，他们也很希望懂。我认为，这一切和人的内心世界有关的现象，将来也必和一个人的幸福与否有关。我愿我的儿子将来幸福，所以我提前告诉他这些……

邻居们都很喜欢我的儿子，认为他是个"懂事"的好孩子。同学们跟他也都很友好，觉得和他在一起高兴，愉快。

我因此而高兴，而愉快。

我知道，一个心灵的小花园，“侍弄”得开始美好起来了……

小春天气

郁达夫

一

与笔砚疏远以后，好像是经过了不少时日的样子。我近来对于时间的观念，一点儿也没有了。总之案头堆着的从南边来的两三封问我何以老不写信的家信，可以做我久疏笔砚的明证。所以从头计算起来，大约从我发表的最后的一篇整个儿的文字到现在，总已有一年以上，而自我的右手五指，抛离纸笔以来，至少也得有两三个月的光景。以天地之悠悠，而来较量这一年或三个月的时间，大约总不过似骆驼身上的半截毫毛；但是由先天不足，后天亏损——这是我们中国医生常说的话，我这样的用在这里，请大家不要笑话我——的我说来，渺焉一身，寄住在这北风凉冷的皇城人海中间，受尽了种种欺凌侮辱，竟能安然无事地经过这么长的一段时间，却是一种摩西以后的最大奇迹。

回想起来这一年的岁月，实在是悠长得很呀！绵绵钟鼓初长的秋夜，我当众人睡尽的中宵，一个人在六尺方的卧房里踏来踏去，想想我的女人，想想我的朋友，想想我的暗淡的前途，曾经熏烧了多少支的短长烟卷？睡不着的时候，我一个人拿了蜡烛，幽脚幽手地跑上厨房去烧些风鸡糟鸭来下酒的事情，也不止三次五次。而由现在回顾当时，那时候初到北京后的这种不安焦躁的神情，却只似儿时的一场噩梦，相去好像已经有十几年的样子，你说这一年的岁月对我是长也不长？

这分外地觉得岁月悠长的事情，不仅是意识上的问题，实际上这一年来我的肉体精神两方面，都印上了这人家以为很短而在我却是很长的时间的烙印。去年十月在黄浦江头送我上船的几位可怜的朋友，若在今年此刻，和我相遇于途中，大约他们看见了我，总只是轻轻地送我一瞥，必定会仍复不改常态地向前走去。（虽则我的心里在私心默祷，使我遇见了他们，不要也不认识他们！）

这一年的中间，我的衰老的气象，实在是太急速的侵袭到了，急速的，真真是很急速的。“白发三千丈”一流的夸张的比喻，我们暂且不去用它，就减之又减地打一个折扣来说吧，我在这一年中间，至少也的的确确地长了十岁年纪。牙齿也掉了，记忆力也消退了，对镜子剃削胡髭的早晨，每天都要很惊异地往后看一看，以为镜子里反映出来的，是别一个站在我后面的没有到四十岁的半老人。腰间的皮带，尽是一个窟窿一个窟窿地往里缩，后来现成的孔儿不够，却不得不重用钻子来新开，现在已经开到第二个了。最使我伤心的是当人家欺凌我侮辱我的时节，往日很容易起来的那一种愤激之情，现在怎么也鼓励不起来。非但如此，当我觉得受了最大的侮辱的时候，不晓从何处来的一种滑稽的感想，老要使我做会心的微笑。不消说年青时候的种种妄想，早已消磨得干干净净，现在我连自家的女人小孩的生存，和家中老母的健否等问题都想不起来。有时候上街去雇得着车，坐在车上，只想车夫走往向阳的地方去——因为我现在忽而怕起冷来了——慢一点儿走，好使我饱看些街上来往的行人，和组成现代的大同世界的形形色色。看倦了，走倦了，跑回家来，只想弄一点儿美味的东西吃吃，并且一边吃，一边还要想出如何能够使这些美味的东西吃下去不会饱胀的方法来，因为我的牙齿不好，消化不良，美味的东西，老怕不能一天到晚不间断地吃过去。

二

现在我们在这里所享有的，是一年中间最好不过的十月。江北江南，正是小春的时候。况且世界又是大同，东洋车，牛车，马车上，一闪一闪地在微风里飘荡的，都是些除五色旗外的世界各国的旗子，天色苍苍，又高又远，不但我们大家酣歌笑舞的声音，达不到天听，就是我们的哀号狂泣，也和耶和华的耳朵，隔着蓬山几千万叠。生逢这样的太平盛世，依理我也应该向长安的落日，遥进一杯祝颂南山的寿酒，但不晓怎么的，我自昨天以来，明镜似的心里，又忽而起了一层翳障。

仰起头来看看青天，空气澄清得怖人；各处散射在那里的阳光，又好像要对我说一句什么可怕的话，但是因为爱我怜我的缘故，不敢马上说出来的样子。脚底下铺着的扫不尽的落叶，忽而索落索落地响了一声，待我低下头来，向发出声音来的地方望去，又看不出什么动静来了，这大约是我们庭后的那一棵槐树，又摆脱了一叶负担了吧。正是午前十点钟的光景，家里的人都出去了，我因为孤零丁一个人在屋里坐不住，所以才踱到院子里来的，然而在院子里站了一忽，也觉得没有什么意思，昨晚来的那一点小小的忧郁，仍复笼罩在我的心上。

当半年前，每天只是忧郁的连续的时候，倒反而有一种余裕来享乐这一种忧郁，现在连快乐也享受不了的我的脆弱的身心，忽而沾染了这一层虽则是很淡很淡，但也好像是很深的隐忧，只觉得坐立都是不安。没有方法，我就把香烟连续地吸了好几支。

是神明的摄理呢？还是我的星命的佳会？正在这无可奈何的时候，门铃儿响了。小朋友G君，背了水彩书具架进来说：

“达夫，我想去郊外写生，你也同我去郊外走走吧！”

G君年纪不满二十，是一位很活泼的青年画家，因为我也很喜欢看画，所以他老上我这里来和我讲些关于作画的事情。据他说，“今天天气太好，坐在家里，太对大自然不起，还是出去走走的好”。我换了衣服，一边和他走出门来，一边告诉门房“中饭不来吃，叫大家不要等我”的时候，心里所感得的喜悦，真觉得怎么也形容不出来。

三

本来是没有一定目的地的我们，到了路上，自然而然地走向西去，出了平则门。阳光不问城里城外，一例地很丰富地洒在那里。城门附近的小摊儿上，在那里摊开花生米的小贩，大约是因为他穿着的那件宽大的夹袄的原因吧，觉得也反映着一味秋气。茶馆里的茶客和路上来往的行人，在这样和煦的太阳光里，面上总脱不了一副贫陋的颜色。我看看这些人的样子，心里又有点不舒服起来，所以就叫G君避开城外的大街沿城折往北去。夏天常来的这城下长堤上，今天来往的大车特别的少。道旁的杨柳，颜色也变了，影子也疏了。城河里的浅水，依旧映着晴空，反射着日光，实际上和夏天并没有什么区别，但我觉得总有一种寂寥的感觉，浮在水面。抬头看看对岸，远近一排半凋的林木，纵横交错地列在空中。大地的颜色，也不似夏日的葱茏，地上的浅草都已枯尽，带起浅黄色来了。法国教堂的屋顶，也好像失了势力似的，在半凋的树林中孤立在那里。与夏天一样的，只有一排西山连亘的峰峦。大约是今天空气格外澄鲜的缘故吧，这排明褐色的屏障，觉得是近得多了，的确比平时近得多了。此外弥漫在空际的，只有明蓝澄洁的空气，悠久广大的天空和饱满的阳光，和暖的阳光。隔岸堤上，忽而走出了两个着灰色制服的兵来。他们拖了两个斜短的影子，默默地在向南行走。我见了他们，想起了前几天平则门外的抢劫的事情，所以就对G君说：

“我看这里太辽阔，取不下景来，我们还是进城去吧！上小馆子去吃了午饭再说。”

G君踏来踏去地看了一会儿，对我笑着说：“近来不晓怎么的，有一种莫名其妙的神秘的灵感，常常闪现在我的脑里。今天是不成了，没有带颜料和油画的家伙来。”他说着用手向远处教堂一指，同时又接着说：

“几时我想画画教堂里的宗教画看。”

“那好得很啊！”

猫猫虎虎地这样回答了一句，我就转换方向，慢慢地走回到城里来了。落后了几步，他又背着画具，慢慢地跟我走来。

四

喝了两斤黄酒，吃得满满的一腹。我和G君坐在洋车上，被拉往陶然亭去的时候，太阳已经打斜了。本来是有点醉意，又被午后的阳光一烘，我坐在车上，眼睛觉得渐渐地朦胧了起来。洋车走尽了粉房琉璃街，过了几处高低不平的新开地，走入南下洼旷野的时候，我向右边一望，只见几列鳞鳞的屋瓦，半隐半现地在两边一带的疏林里跳跃。天色依旧是苍苍无底，旷野里的杂粮也已割尽，四面望去，只是洪水似的午后的阳光，以及远远躺在阳光里的矮小的坛殿城池。我张了一张睡眼，向周围望了一圈，忽笑向 G 君说：

“秋气满天地，胡为君远行。这两句唐诗真有意思，要是今天是你去法国的日子，我在这里饯你的行，那么再比这两句诗适当的句子怕是没有了，哈哈……”

只喝了半小杯酒，脸上已涨得潮红的 G 君也笑着对我说：

“唐诗不是这样的两句，你记错了吧！”

两人在车上笑说着，洋车已经走入了陶然亭近旁的芦花丛里，一片灰白的毫芒，无风也自己在那里作浪。西边天际有几点青山隐隐，好像在那里笑着对我们点头。下车的时候，我觉得支持不住了，就对 G 君说：

“我想上陶然亭去睡一觉，你在这里画吧！现在总不过两点多钟，我睡醒了再来找你。”

五

陶然亭的听差来摇我醒来的时候，西窗上已经射满了红色的残阳。我洗了手脸，喝了二碗清茶，从东面的台阶上下来，看见陶然亭的黑影，已经越过了东边的道路，遮满了一大块道路东面的芦花水地。往北走去，只见前后左右，尽是茫茫一片的白色芦花。西北抱冰堂一角，扩张着阴影，而侧面的高处，满挂了夕阳最后的余光，在那里催促农民的息作。穿过了香冢鹦鹉冢的土堆的东面，在一条浅水和墓地的中间，我远远认出了 G 君的侧面朝着斜阳的影子。从芦花铺满的野路上走去，将走近 G 君背后的时候，我忽而气也吐不出来，向西边瞪目呆住了。这样伟大的，这样迷人的落日的远景，我却从来没有看见过。太阳离山，大约不过盈尺的光景，点点的遥山，淡得比初春的嫩草，还要虚无缥缈。监狱里的一架高亭，突出在许多有谐调的树林的枝干高头。芦根的浅水，满浮着芦花的绒穗，也不像积绒，也不像银河。芦萍开处，忽映出一道细狭而金赤的阳光，高冲牛斗。同是在这反光里飞坠的几簇芦绒，半边是红，半边是白。我向西呆看了几分钟，又回头向东北三面环眺了几分钟，忽而把什么都忘掉了，连我自家的身体也忘掉了。

上前走了几步，在灰暗中我看见 G 君的两手，正在忙动。我叫了一声，G 君头也不朝转来，很急促地对我说："你来，你来，来看我的杰作！"

我走近前去一看，他画架上，悬在那里，正在上色的，并不是夕阳，也不是芦花，画的中间，向右斜曲的，却是一条颜色很沉滞的大道。道旁是一处阴森的墓地，墓地的背后，有许多灰黑凋残的古木，横叉在空间。枯木林中，半弯下弦的残月，刚升起来，冷冷的月光，模糊隐约地照出了一只停在墓地树枝上的猫头鹰的半身。颜色虽则还没有上全，然而一道逼人的冷气，却从这幅未完的画面直向观者的脸上喷来，我簇紧了眉峰，对这画面静看了几分钟，抬起头来正想说话的时候，觉得太阳已经完全下山了，四面的薄暮的光景也比一刻前促迫了。尤其是使我惊恐的，是我抬起头来的时候，在我们的西北的墓地里，也有一个很淡很淡的黑影，动了一动。我默默地停了一会儿，惊心定后，再朝转头来看东边天上的时候，却见了一痕初五六的新月悬挂在空中。又停了一会儿，把惊恐之心，按捺了下去，我才慢慢地对G君说：

“这一张小画，的确是你的杰作，未完的杰作。太晚了，快快起来，我们走吧！我觉得冷得很。”我话没有讲完，又对他那张画看了一眼，打了一个冷痉，忽而觉得毛发都竦竖了起来，同时自昨天来在我胸中盘踞着的那种莫名其妙的忧郁，又笼罩上我的心来了。

G君含了满足的微笑，尽在那里闭了一只眼睛——这是他的脾气——细看他那未完的杰作。我催了他好几次，他才起来收拾画具。我们二人慢慢地走回家来的时候，他也好像倦了，不愿意讲话，我也为那种忧郁所侵袭，不想开口。两人默默地走到灯火荧荧的民房很多的地方，G君方开口问我说：

“这一张画的题目，我想叫‘残秋的日暮’，你说好不好？”

“画上的表现，岂不是半夜的景象吗？何以叫日暮呢？”

他听我这句话，又含了神秘的微笑说：

“这就是今天早晨我和你谈的神秘的灵感哟！我画的画，老喜欢依画画时候的情感季节来命题，画面和画题合不合，我是不管的。”

“那么，‘残秋的日暮’也觉得太衰飒了，况且现在已经入了十月，十月小阳春，哪里是什么残秋呢？”

“那么我这张画就叫作‘小春’吧！”

这时候我们已经走进了一条热闹的横街，两人各雇着洋车，分手回来的时候，上弦的新月，也已经起来得很高了。我一个人摇来摇去地被拉回家来，路上经过了许多无人来往的乌黑的僻巷。僻巷的空地道上，纵横倒在那里的，只是些房屋和电杆的黑影。从灯火辉煌的大街，忽而转入这样僻静的地方的时候，谁也会发生一种奇怪的感觉出来，我在这初月微明的天盖下面苍茫四顾，也忽而好像是遇见了什么似的，心里的那一种莫名其妙的忧郁，更深起来了。

夏天的一条街道

苏童

街上水果店的柜台是比较特别的，它们做成一个斜面，用木条隔成几个大小相同的框子，一些瘦小的桃子，一些青绿色的酸苹果躺在里面，就像躺在荒凉的山坡上。水果店的女店员是一个和善的长相清秀的年轻姑娘，她总是安静地守着她的岗位，但是谁会因为她人好就跑到水果店去买那些难以入口的水果呢？人们因此习惯性地忽略了水果在夏季里的意义，他们经过寂寞的水果店和寂寞的女店员，去的是桥边的糖果店，糖果店的三个中年妇女一年四季在柜台后面吵吵嚷嚷的，对人的态度也很蛮横，其中一个妇女的眉角上有一个难看的刀疤，孩子走进去时她用沙哑的声音问你："买什么？"那个刀疤就也张大了嘴问你："买什么？"但即使这样糖果店在夏天仍然是孩子们热爱的地方。

糖果店的冷饮柜已经使用多年，每到夏季它就发出隆隆的欢叫声。一块黑板放在冷饮柜上，上面写着冷饮品种：赤

豆棒冰 四分 奶油棒冰 五分 冰砖 一角 汽水（不连瓶）八分。女店员在夏季一次次怒气冲冲地打开冷饮机的盖子，掀掉一块棉垫子，孩子就伸出脑袋去看棉垫子下面排放得整整齐齐的冷饮，他会看见赤豆棒冰已经寥寥无几，奶油棒冰和冰砖却剩下很多，它们令人艳羡地躲避着炎热，待在冰冷的雾气里。孩子也能理解这种现象，并不是奶油棒冰和冰砖不受欢迎。主要是它们的价格贵了几分钱。孩子小心地揭开棒冰纸的一角，看棒冰的赤豆是否很多，挨了女店员一通训斥，她说："看什么看？都是机器做出来的，谁还存心欺负你？一天到晚就知道吃棒冰，吃棒冰，吃得肚子都结冰！"

孩子嘴里吮着一根棒冰，手里拿着一个饭盒，在炎热的午后的街道上拼命奔跑，饭盒里的棒冰在哐哐地撞击着，毒辣的阳光威胁着棒冰脆弱的生命，所以孩子知道要尽快地跑回家，让家里人能享受到一种完整的冰冷的快乐。

最炎热的日子里，整个街道的麻石路面蒸腾着热气。人在街上走，感觉到塑料凉鞋下面的路快要燃烧了，手碰到路边的房屋墙壁，墙也是热的。人在街上走，怀疑世上的人们都被热晕了，灼热的空气中有一种类似喘息的声音，若有若无的，飘荡在耳边。饶舌的、嗓音洪亮的、无事生非的居民们都闭上了嘴巴，他们躺在竹躺椅上与炎热斗争，因为炎热而忘了文明礼貌，一味地追求通风。他们四仰八叉地躺在面向大街的门边，张着大嘴巴打着时断时续的呼噜，手里的扇子掉在地上也不知道，田径裤的裤腿那么肥大，暴露了男人的机密也不知道。有线广播一如既往地开着，说评弹的艺人字正腔圆，又说到了武松醉打蒋门神的精彩部分，可他们仍然呼呼地睡，把人家的好心当了驴肝肺。

下午三点钟，阳光发生了可喜的变化，阳光从全线出击变为区域防守，街上的房屋乘机利用自己的高度制造了一条“三八线”。“三八线”渐渐地游移，线的一侧是热和光明，另一侧是凉快和幽暗，行人都非常势利地走在幽暗的阴凉处。这使人想起正在电影院里上映的朝鲜电影《金姬和银姬的命运》，那些人为银姬在“三八线”那侧的悲惨命运哭得涕泗横流，可在夏天他们却选择没有阳光的路线，情愿躲在银姬的黑暗中。

太阳落山在夏季是那么艰难，但它毕竟是要落山的，放暑假的孩子关注太阳的动静，只是为了不失时机地早早跳到护城河里，享受夏季赐予的最大的快乐。黄昏时分驶过河面的各类船只小心谨慎，因为在这种时候整个城市的码头、房顶、窗户和门洞里，都有可能有个男孩大叫一声，纵身跳进河水中。他们甚至要小心河面上漂浮的那些西瓜皮，因为有的西瓜皮是在河中游泳的孩子的泳帽，那些讨厌的孩子，他们头顶着半个西瓜皮，去抓来往船只的锚链，他们玩水还很爱惜力气，他们要求船家把他们带到河的上游或者下游去。于是站在石埠上洗涮的母亲看到了令她们最担心的情景：她们的孩子手抓船锚，跟着驳船在河面上乘风破浪，一会儿就看不见了。母亲们喊破了嗓子，又有什么用？

夜晚来临，人们把街道当成了露天的食堂，许多人家把晚餐的桌子搬到了街边，大人孩子坐在街上，嘴里塞满了食物，看着晚归的人们骑着自行车从自己身边经过。你当街吃饭，必然便宜了一些好管闲事的老妇人，有一些老妇人最喜欢观察别人家今天吃了什么。老妇人手摇一把蒲团扇，在街上的饭桌间走走停停，她觉得每一张饭桌都生意盎然。“吃点什么啊？”她问。主妇就说：“没有什么好吃的，咸鱼，炒萝卜干。”老妇人就说：“还没什么好吃的呢，咸鱼不好吃？”

天色渐渐地黑了，街上的居民们几乎都在街上，有的人家切开了西瓜，一家人的脑袋围拢在一只破脸盆上方，大家有秩序地向脸盆里吐出瓜子。有的人家的饭桌迟迟不撤，因为孩子还没回来，后来孩子就回来了，身上湿漉漉的。恼怒的父亲问儿子：“去哪儿了？”孩子不耐烦地说：“游泳啊，你不是知道的吗？”父亲就瞪着儿子处在发育中的身体，说：“吊船吊到哪儿去了？”儿子说：“里口。”父亲的眼珠子愤怒得快爆出来了：“让你不要吊船你又吊船，你找死啊？”就这样当父亲的在街上赏了儿子一记响亮的耳光，左右邻居自然地围过来了。一些声音很愤怒，一些声音不知所云，一些声音语重心长，一些声音带着哀怨的哭腔，它们不可避免地交织起来，喧嚣起来，即使很远的地方也能听见这样丰富浑厚的声音。于是有人向这边匆匆跑来，有人手里还端着饭碗，他们这样跑着，炎热的夏季便在夜晚找到了它的生机。

防风神茶

张抗抗

小时候，每逢暑假和春节，妈妈定是要带我去德清洛舍镇的外婆家住些日子的。

在镇上的亲戚家串门，几乎家家都会给客人沏上一杯烘青豆茶。这茶必用中式的瓷盖碗沏泡，底座有托盅，掀开杯盖，瓷碗上大下小，碗口略敞，可见满至碗口三分之二处的水上，漂着几丝金黄色的橘皮和几片绿色的茶叶，一粒粒小如草籽儿的黑点点，在水中悠悠沉浮；眼尖尖地往碗里盯下去看，有十几粒碧绿的青豆，皱皱地静躺在碗底。绿的绿黄的黄黑的黑，几种不同的色彩在水里上下晃着，很生动的样子，像一只五色斑斓的金鱼缸，煞是好看。大人说："盖上盖上，等会儿再喝。"不多时，再次掀开碗盖，那茶水渐渐就显出颜色来了，一池清澈透亮的浅绿，从青豆里浸润出来的汁液溶在水里了。

乡里人说，这是烘豆茶。只有德清这地方的人吃呢，城里是买不到的。

小心地喝一口，一股清香味扑鼻而来。咬着一丝橘皮，滑溜溜的有些酸涩；嚼到一粒黑草籽，在齿下嘎嘣一声脆响，有奇香袭来；奇怪的是那茶水略有咸味，解渴又爽口的。几道开水续过，茶水已淡，喝到见底，有人递过筷子，说你将那些青豆夹来吃吧。青豆已被茶水泡胀，肥壮饱满，吃在嘴里，韧得很有嚼头，嚼着嚼着，满嘴是香了……

曾好奇地问：这黑色的小草籽是什么呢？香得我嘴馋。

——野芝麻。乡下也叫卜芝麻，山坡地边都有，秋后剪下枝条，晾在匾中晒干了，像收油菜籽那样敲几下，一粒粒野芝麻就从荚里掉下来，形若小米，炒熟了，比芝麻还香……

烘豆茶的味道真的很特别，从此一直留在我童年的记忆中。可惜到了后来，烘豆茶突然消失得无影无踪，随后是很多年。曾经问过外婆，外婆说农民的自留地都没有了，青豆自然也没有了。那些青豆采下、剥开、用盐水煮熟，然后要在微红的炭火上慢慢烘烤熏制，很费功夫的。那时节谁还有那样的闲心和功夫呢？于是烘豆茶就被当成资本主义尾巴割掉了。

怅然之下，我曾以为此生再也喝不到烘豆茶了。

到了九十年代，一次回杭州探家，妈妈在厨房里忙了好一会儿，端出一只茶杯，很神秘地说：“给你吃一样东西，是亲戚从洛舍送来的，不知你还记不记得呢？”

掀开杯盖，我闻到了童年的气息，从水天一色的洛舍漾上飘来——我思念的烘豆茶，奇迹般地出现在眼前。绿的绿黄的黄黑的黑，颜色真是配得和谐沉稳，青豆橘皮野芝麻胡萝卜丝还有少许茶叶，在水中斑驳交错起伏，如同一群从远方归来的游鱼。

德清外婆家的烘豆茶回来的日子，就像外婆远走的在天之灵，重又回来看望我们了。

那以后，凡有德清老家的亲戚给妈妈送来烘豆茶，妈妈必定会分出其中一部分，亲自从邮局寄往北京。一小包绿得青翠的烘豆、一小瓶橘皮和野芝麻拌好的“调料”。然后，我独自一人在厨房来回走动，开水在炉子上响起来，还有杯盏清脆的碰撞声。我虔诚而隆重地沏泡烘豆茶，就像在完成一种神圣的祭祀仪式。

曾有一次用它来招待我的北方客人，烘豆茶端上之前，很神秘地做了渲染，示意此茶是何等珍贵。忙碌了一番之后，上茶了，客人揭开杯盖，小心啜一口，脸上的表情有些复杂。我得意又紧张地问：“怎么样，味道很特别吧？”客人们面面相觑，不出声地咀嚼着，少顷，终有人忍不住反问说：“这茶，怎么是咸的呢？就像菜汤，对，这明明是一碗汤嘛……”

真是很扫兴。忽然明白，一个人幼年的记忆，其实是无法与人分享的。

烘豆茶之风味特色，恰恰就在微咸略苦的奇香之中。在偏爱甜食的江南，这稍带咸味的烘豆茶，确实是与众不同。

其实它全部的妙处，就在于烘熏青豆以及腌制橘皮芝麻时，用了微量的盐。温温的茶水经过咽喉的那个瞬间，我能感觉到青豆在水中浸出的咸汁中所蕴含的勇气和力量，还有一种与如今江南民风迥然相异的粗犷与野性。

“防风神茶”的突然归来，令我欢喜倍至。从烘豆茶到防风神茶，并非摇身一变，而是一个换回了自己原先旧衣衫的故人。几十年过去，我依然认识他，熟悉他身上飘散出的来自远古的气息，英武洒脱，然而凄然悲怆。

童年在洛舍外婆家，曾听过民间流传的有关防风氏的神话故事，可惜年代久远，竟然记不下多少了。只知防风氏是古越先祖，夏禹时代杭嘉湖地区的一位诸侯，也是治水英雄，据说身材奇高。达人表兄后来为我寄来了有关“防风氏”的资料，方知四千年前，位于钱塘江流域与太湖流域间的防风古国，其统治中心方圆百里，包括今湖州市所属德清、长兴、安吉三县。德清二都的封山（俗称防风山）、禹山（俗称长子山）和下渚湖（俗称防风湖）是当时风景优美的地区。源自天目山的东苕溪，经瓶窑、安溪与二都下渚湖相连。近年来发掘的良渚文化遗迹，亦可寻见防风古国与其相关的种种渊源。当时已进入父系氏族社会末期，农业生产开始开渠排涝、养殖水稻蚕桑；良渚黑陶、手工业、开矿冶炼、水上交通和舟运亦已渐成气候，私有制逐步兴起，防风古国呈现出一片兴盛情景。

据《史记 · 孔子世家》中记载，公元前 2198 年，中原华夏部落军事联盟的最高首领夏禹巡视江南，在今绍兴会稽山召集各地诸侯会议。因防风氏曾劝阻并反对禹企图破坏原始民主禅让制度，传位于其子启的决定，于是禹借赴会迟到之罪，杀害了防风氏，制造了我国历史上第一桩千古冤案。防风国的先民纷纷外迁出逃，防风国也因此日渐衰微……

人们一直赞颂夏禹，却规避了夏禹执意“开创世袭制”先例的这一重要事实。

如此看来，防风氏是一位具有原始民主意识的斗士。我的德清外婆家丰饶的鱼米之乡，在远古竟然曾是一片孤独而自由的土地。

防风氏悲壮地乘鹤西去。只有四千年前防风古国的“烘豆茶”，仍在德清一带民间流传至今。有学者认为，但凡“防风神茶”流传的地区，也是防风古国所属地域的有力佐证。

如今，在德清三合乡二都封山之麓，下渚湖之滨的防风王庙原址上，已重建起防风氏祠，再铸防风氏塑像。祠前树立了“防风神茶记”碑。碑文如下：

防风神茶记

吾乡为防风古国之封疆。相传防风受禹命治水，劳苦莫名。里人以橙子皮、野芝麻沏茶为其祛湿气并进烘青豆作茶点。防风偶将豆倾入茶汤并食之，尔后神力大增，治水功成。如此吃茶法，累代相沿，蔚成乡风。此烘豆茶之由来，或誉防风神茶。然佐料因地而异，炒黄豆、橘子皮、笋干尖、胡萝卜，不一而足，各有千秋。但均较此间烘豆茶晚出。邑产佳茗著录茶经，风味更具特色，宜乎有中国烘豆茶发祥地之桂冠也。爰为立碑纪念，茶人蔡泉宝策划，县乡领导主与其事，并勒贞珉传之久远。

丙子十月谷旦卢前撰文 郭涌书丹

从此，每逢农历八月二十五日，自发前来祭拜防风氏的乡人无数。

防风氏殁后，防风国的古代文明依然在民间流传。延至唐宋，距二都西十余里的上柏报恩寺，以及周边许多寺庙，均受防风古国地域茶文化的影响而崇尚茶道。相传历代名流如陆羽、苏轼、沈括、康熙皇帝，都曾到过防风古国地区的二都、三合、洛舍等地游玩，考察风土民情。防风古国的山水茶汁，也养育了孟郊、俞樾、俞平伯等一批杰出的文人学者。

然而，防风氏以性命相争的禅让制，在漫长的悠悠岁月中，却已被世袭制所替代并延续四千余年。细细品尝那微咸的茶水，咀嚼着韧性的青豆橘皮，我竟闻到了血与汗的苦涩气味。我想防风氏定是死不瞑目的——也许，他留下这“防风神茶”，正是以期为世人洗心醒目。如今江南的烘豆茶风味依旧，然而，防风氏的风骨却难以寻觅了。

（本文选入时有删减）

西溪的晴雨

郁达夫

西北风未起，蟹也不曾肥，我原晓得芦花总还没有白，前两星期，源宁来看了西湖，说他倒觉得有点失望，因为湖光山色，太整齐，太小巧，不够味儿。他开来的一张节目上，原有西溪的一项，恰巧第二天又下了微雨，秋原和我就主张微雨里下西溪，好教源宁去尝一尝这西湖近旁的野趣。

天色是阴阴漠漠的一层，湿风吹来，有点儿冷，也有点儿香，香的是野草花的气息。车过方井旁边，自然又下车来，去看了一下那座天主圣教修士们的古墓。从墓门望进去，只是黑沉沉、冷冰冰的一个大洞，什么也看不见，鼻子里却闻吸到了一种霉灰的阴气。

把鼻子掀了两掀，耸了一耸肩膀，大家都说，可惜忘记带了电筒，但在下意识里，自然也有一种恐怖、不安和畏缩的心意，在那里作恶，直到了花坞的溪旁，走进窗明几净的静莲庵（？）堂去坐下，喝了两碗清茶，这一些鬼胎，方才洗涤了个空空脱脱。

游西溪，本来是以松木场下船，带了酒盒行厨，慢慢儿地向西摇去为正宗。像我们那么高坐了汽车，飞鸣而过古荡、东岳，一个钟头要走百来里路的旅客，终于是难度的俗物，但是俗物也有俗益，你若坐在汽车里，引颈而向西向北一望，直到湖州，只见一派空明，遥盖在淡绿成阴的斜平海上；这中间不见水，不见山，当然也不见人，只是渺渺茫茫，青青绿绿，远无岸，近亦无田园村落的一个大斜坡，过秦亭山后，一直到留下为止的那一条沿山大道上的景色，好处就在这里，尤其是当微雨朦胧，江南草长的春或秋的半中间。

从留下下船，回环曲折，一路向西向北，只在芦花浅水里打圈圈；圆桥茅舍，桑树蓼花，是本地的风光，还不足道；最古怪的，是剩在背后的一带湖上的青山，不知不觉，忽而又会得移上你的面前来，和你点一点头，又匆匆地别了。

摇船的少女，也总好算是西溪的一景。一个站在船尾把摇橹，一个坐在船头上使桨，身体一伸一俯，一往一来，和橹声的咿呀，水波的起落，凑合成一大又圆又曲的进行软调。游人到此，自然会想起瘦西湖边，竹西歌吹的闲情，而源宁昨天在漪园月下老人祠里求得的那支灵签，仿佛是完全地应了，签诗的语文，是《鄘风 · 桑中》章末后的三句，叫作“期我乎桑中，要我乎上宫，送我乎淇之上矣”。

此后便到了交芦庵，上了弹指楼，因为是在雨里，带水拖泥，终于也感不到什么的大趣，但这一天向晚回来，在湖滨酒楼上放谈之下，源宁却一本正经地说：“今天的西溪，却比昨日的西湖，要好三倍。”

前天星期假日，日暖风和，并且在报上也曾看到了芦花怒放的消息，午后日斜，老龙夫妇，又来约去西溪，去的时候，太晚了一点，所以只在秋雪庵的弹指楼上，消磨了半日之半。一片斜阳，反照在芦花浅渚的高头，花也并未怒放，树叶也不曾凋落，原不见秋，更不见雪，只是一味地晴明浩荡，飘飘然，浑浑然，洞贯了我们的肠腑，老僧无相，烧了面，泡了茶，更送来了酒，末后还拿出了纸和墨，我们看看日影下的北高峰，看看庵旁边的芦花荡，就问无相，花要几时才能全白？老僧操着缓慢的楚国口音，微笑着说：“总要到阴历十月的中间，若有月亮，更为出色。”说后，还提出了一个交换的条件，要我们到那时候，再去一玩，他当预备些精馔相待，聊当作润笔，可是今天的字，却非写不可。老龙写了“一剑横飞破六合，万家憔悴哭三吴”的十四个字，我也附和着抄了一副不知在哪里见过的联语：“春梦有时来枕畔，夕阳依旧上帘钩。”

喝得酒醉醺醺，走下楼来，小河里起了晚烟，船中间满载了黑暗，龙妇又逸兴遄飞，不知上哪里去摸出了一支洞箫来吹着。“其声呜呜然，如怨如慕，如泣如诉，余音袅袅，不绝如缕”，倒真有点像是七月既望，和东坡在赤壁的夜游。

1935 年 10 月 22 日

合欢树

史铁生

10 岁那年，我在一次作文比赛中得了第一。母亲那时候还年轻，急着跟我说她自己，说她小时候的作文作得还要好，老师甚至不相信那么好的文章会是她写的。“老师找到家来问，是不是家里的大人帮了忙。我那时可能还不到 10 岁呢。”我听得扫兴，故意笑：“可能？什么叫‘可能还不到’？”她就解释。我装作根本不在意她的话，对着墙打乒乓球，把她气得够呛。不过我承认她聪明，承认她是世界上长得最好看的女的。她正给自己做一条蓝地白花的裙子。

20 岁时，我的两条腿残废了。除去给人家画彩蛋，我想我还应该再干点别的事，先后改变了几次主意，最后想学写作。母亲那时已不年轻，为了我的腿，她头上开始有了白发。医院已明确表示，我的病目前没法治。母亲的全副心思却还放在给我治病上，到处找大夫，打听偏方，花了很多钱。她倒总能找来些稀奇古怪的药，让我吃，让我喝，或是洗、敷、熏、灸。“别浪费时间啦，根本没用！”我说。我一心只想着写小说，仿佛那东西能把残疾人救出困境。“再试一回，不试你怎么知道会没用？”她说，每一回都虔诚地抱着希望。然而对我的腿，有多少回希望就有多少回失望。最后一回，我的胯上被熏成烫伤。医院的大夫说，这实在太悬了，对于瘫痪病人，这差不多是要命的事。我倒没太害怕，心想死了也好，死了倒痛快。母亲惊惶了几个月，昼夜守着我，一换药就说：“怎么会烫了呢？我还总是在留神呀！”幸亏伤口好起来，不然她非疯了不可。

后来她发现我在写小说。她跟我说：“那就好好写吧。”我听出来，她对治好我的腿也终于绝望。“我年轻的时候也喜欢文学，跟你现在差不多大的时候，我也想过搞写作。你小时候的作文不是得过第一吗？那就写着试试看。”她提醒我说。我们俩都尽力把我的腿忘掉。她到处去给我借书，顶着雨或冒着雪推我去看电影，像过去给我找大夫、打听偏方那样，抱了希望。

30 岁时，我的第一篇小说发表了，母亲却已不在人世。过了几年，我的另一篇小说也获了奖，母亲已离开我整整 7 年了。

获奖之后，登门采访的记者就多。大家都好心好意，认为我不容易。但是我只准备了一套话，说来说去就觉得心烦。我摇着车躲了出去，坐在小公园安静的树林里，想：上帝为什么早早地召母亲回去呢？迷迷糊糊的，我听见回答：“她心里太苦了。上帝看她受不住了，就召她回去。”我的心得到一点安慰，睁开眼睛，看见风正在树林里吹过。

我摇车离开那儿，在街上瞎逛，不想回家。

母亲去世后，我们搬了家。我很少再到母亲住过的那个小院子去。小院儿在一个大院儿的尽里头，我偶尔摇车到大院儿去坐坐，但不愿意去那个小院儿，推说手摇车进去不方便。院子里的老太太们还都把我当儿孙看，尤其想到我又没了母亲，但都不说，光扯些闲话，怪我不常去。我坐在院子当中，喝东家的茶，吃西家的瓜。有一年，人们终于又提到母亲：“到小院儿去看看吧，你妈种的那棵合欢树今年开花了！”我心里一阵抖，还是推说手摇车进出太不易。大伙就不再说，忙扯到别的，说起我们原来住的房子里现在住了小两口，女的刚生了个儿子，孩子不哭不闹，光是瞪着眼睛看窗户上的树影儿。

我没料到那棵树还活着。那年，母亲到劳动局去给我找工作，回来时在路边挖了一棵刚出土的绿苗，以为是含羞草，种在花盆里，竟是一棵合欢树。母亲从来喜欢那些东西，但当时心思全在别处，第二年合欢树没有发芽，母亲叹息了一回，还不舍得扔掉，依然让它留在瓦盆里。第三年，合欢树不但长出了叶子，而且还比较茂盛。母亲高兴了好多天，以为那是个好兆头，常去侍弄它，不敢太大意。又过了一年，她把合欢树移出盆，栽在窗前的地上，有时念叨，不知道这种树几年才开花。再过一年，我们搬了家，悲痛弄得我们都把那棵小树忘记了。

与其在街上瞎逛，我想，不如去看看那棵树吧。我也想再看看母亲住过的那间房。我老记着，那儿还有个刚来世上的孩子，不哭不闹，瞪着眼睛看树影儿。是那棵合欢树的影子吗？小院儿里只有那棵树。

院子里的老太太们还是那么喜欢我，东屋倒茶，西屋点烟，送到我跟前。大伙都不知道我获奖的事，也许知道，但不觉得那很重要；还是都问我的腿，问我是否有了正式工作。这回，想摇车进小院儿真是不能了。家家门前的小厨房都扩大了，过道窄得一个人推自行车进出也要侧身。我问起那棵合欢树，大伙说，年年都开花，长得跟房子一样高了。这么说，我再看不见它了。我要是求人背我去看，倒也不是不行。我挺后悔前两年没有自己摇车进去看看。

我摇车在街上慢慢走，不急着回家。人有时候只想独自静静地待一会儿。悲伤也成享受。

有那么一天，那个孩子长大了，会想起童年的事，会想起那些晃动的树影儿，会想起他自己的妈妈，他会跑去看看那棵树。但他不会知道那棵树是谁种的，是怎么种的。

1984 年 11 月

菜园小记

吴伯箫

种花好，种菜更好。花种得好，姹紫嫣红，满园芬芳，可以欣赏；菜种得好，嫩绿的茎叶，肥硕的块根，多浆的果实，却可以食用。俗话说："瓜菜半年粮。"

我想起在延安蓝家坪我们种的菜园来了。

说是菜园，其实是果园。那园里桃树杏树很多，还有海棠。每年春二三月，粉红的桃杏花开罢，不久就开绿叶衬托的艳丽的海棠花，很热闹。果实成熟的时候，杏是水杏，桃是毛桃，海棠是垂垂联珠，又是一番繁盛景象。

果园也是花园。那园里花的种类不少。木本的有蔷薇、木槿、丁香，草本的有凤仙、石竹、夜来香、江西腊、步步高……草花不名贵，但是长得繁茂泼辣。甬路的两边，菜地的周围，园里的角角落落，到处都是。草花里边长得最繁茂最泼辣的是波斯菊，密密丛丛地长满了向阳的山坡。这种花开得稠，有绛紫的，有银白的，一层一层，散发着浓郁的异香；也开得时间长，能装点整个秋天。这一点很像野生的千头菊。这种花称作“菊”，看来是有道理的。

说的菜园，是就园里的隙地开辟的。果树是围屏，草花是篱笆，中间是菜畦，共有三五处，面积大小不等，都是土壤肥沃、阳光充足、最适于种菜的地方。我们经营的那一处，三面是果树，一面是山坡；地形长方，面积约二三分。那是在大种蔬菜的时期我们三个同志在业余时间为集体经营的。收成的蔬菜归集体伙食，自己也有一份比较丰富的享用。

那几年，在延安的同志，大家都在工作、学习、战斗的空隙里种蔬菜。机关、学校、部队里吃的蔬菜差不多都能自给。那个时候没有提出种“十边”，可是见缝插针，很自然地“十边”都种了。窑洞的门前，平房的左右前后，河边，路边，甚至个别山头新开的土地都种了菜。

我们种的那块菜地，在那园里是条件最好的。土肥地整，曾经有人侍弄过，算是熟菜地。地的一半是韭菜畦。韭菜有宿根，不要费太大的劳力（当然要费些工夫），只要施施肥，培培土，浇浇水，出了九就能发出鲜绿肥嫩的韭芽。最难得的是，菜地西北的石崖底下有一个石窠，挖出石窠里的乱石沉泥，石缝里就涔涔地流出泉水。石窠不大，但是积一窠水恰好可以浇完那块菜地。积水用完，一顿饭的工夫又可以蓄满。水满的时候，一清到底，不溢不流，很有点像童话里的宝瓶，水用了还有，用了还有，不用就总是满着。泉水清冽，不浇菜也可以浇果树，或者用来洗头，洗衣服。“沧浪之水清兮，可以濯我缨；沧浪之水浊兮，可以濯我足。”这比沧浪之水还好。同样种菜的别的同志，菜地附近没有水泉，用水要到延河里去挑，不像我们三个，从石窠通菜地掏一条窄窄浅浅的水沟，用柳罐打水，抬抬手就把菜浇了。大家都羡慕我们。我们也觉得沾了自然条件的光，仿佛干活拈了轻的，很不好意思，就下定决心要把菜地种好，管好。

“庄稼一枝花，全靠粪当家。”为了积肥，大家趁早晚散步的时候到大路上拾粪，那里来往的牲口多，“只要动动手，肥源到处有”啊。我们请老农讲课，大家跟着学了不少知识。《万丈高楼从地起》的歌者，农民诗人孙万福，就是有名的老师之一。记得那个时候他是六十多岁，精神矍铄，声音响亮，讲话又亲切又质朴，那老当益壮的风度，到现在我还留着深刻的印象。跟那些老师，我们学种菜，种瓜，种烟。像种瓜要浸种、压秧，种烟要打杈、掐尖，很多实际学问我们都是边做边跟老师学的。有的学会烤烟，自己做挺讲究的纸烟和雪茄；有的学会蔬菜加工，做的番茄酱能吃到冬天；有的学会蔬菜腌渍、窖藏，使秋菜接上春菜。

种菜是细致活儿，“种菜如绣花”；认真干起来也很累人，就劳动量说，“一亩园十亩田”。但是种菜是极有乐趣的事情。种菜的乐趣不只是在吃菜的时候，像苏东坡在《菜羹赋》里所说的：“汲幽泉以揉濯，持露叶与琼枝。”或者像他在《后杞菊赋》里所说的：“春食苗，夏食叶，秋食花实而冬食根，庶几西河南阳之寿。”种菜的整个过程，随时都有乐趣。施肥，松土，整畦，下种，是花费劳动量最多的时候吧，那时蔬菜还看不到影子哩。可是“种瓜得瓜，种豆得豆”，就算种的只是希望，那希望也给人很大的鼓舞。因为那希望是用成实的种子种在水肥充足的土壤里的，人勤地不懒，出一分劳力就一定能有一分收成。验证不远，不出十天八天，你留心那平整湿润的菜畦吧，就从那里会生长出又绿又嫩又茁壮的瓜菜的新芽哩。那些新芽，条播的行列整齐，撒播的万头攒动，点播的傲然不群，带着笑，发着光，充满了无限生机。一棵新芽简直就是一颗闪亮的珍珠。“夜雨剪春韭”是老杜的诗句吧，清新极了；老圃种菜，一畦菜怕不就是一首更清新的诗？

暮春，中午，踩着畦垅间苗或者锄草中耕，煦暖的阳光照得人浑身舒畅。新鲜的泥土气息，素淡的蔬菜清香，一阵阵沁人心脾。一会儿站起来，伸伸腰，用手背擦擦额头的汗，看看苗间得稀稠，中耕得深浅，草锄得是不是干净，那时候人是会感到劳动的愉快的。夏天，晚上，菜地浇完了，三五个同志趁着皎洁的月光，坐在畦头泉边，吸吸烟；或者不吸烟，谈谈话；谈生活，谈社会和自然的改造。一边人声咯咯罗罗，一边在谈话间歇的时候听菜畦里昆虫的鸣声；蒜在抽薹，白菜在卷心，芫荽在散发脉脉的香气：一切都使人感到一种真正的田园乐趣。

我们种的那块菜地里，韭菜以外，有葱、蒜，有白菜、萝卜，还有黄瓜、茄子、辣椒、西红柿等等。农谚说：“谷雨前后，栽瓜种豆。”“头伏萝卜二伏菜。”虽然按照时令季节，各种蔬菜种得有早有晚，有时收了这种菜才种那种菜。但是除了冰雪严寒的冬天，一年里春夏秋三季，菜园里总是经常有几种蔬菜在竞肥争绿的。特别是夏末秋初，你看吧：青的萝卜，紫的茄子，红的辣椒，又红又黄的西红柿，真是五彩斑斓，耀眼争光。

那年蔬菜丰收。韭菜割了三茬，最后吃了薹下韭（跟莲下藕一样，那是以老来嫩有名的），掐了韭花。春白菜以后种了秋白菜，细水萝卜以后种了白萝卜。园里连江西腊、波斯菊都要开败的时候，我们还收了最后一批西红柿。天凉了，西红柿吃起来甘脆爽口，有些秋梨的味道。我们还把通红通红的辣椒穿成串晒干了，挂在窑洞的窗户旁边，一直挂到过新年。

1961 年 4 月 9 日

对一朵花微笑

刘亮程

我一回头，身后的草全开花了。一大片。好像谁说了一个笑话，把一滩草惹笑了。

我正躺在山坡上想事情。是否我想的事情——一个人脑中的奇怪想法让草觉得好笑，在微风中笑得前仰后合。有的哈哈大笑，有的半掩芳唇，忍俊不禁。靠近我身边的两朵，一朵面朝我，张开薄薄的粉红花瓣，似有吟吟笑声入耳；另一朵则扭头掩面，仍不能遮住笑颜。我禁不住也笑了起来。先是微笑，继而哈哈大笑。

这是我第一次在荒野中，一个人笑出声来。

还有一次，我在麦地南边的一片绿草中睡了一觉。我太喜欢这片绿草了，墨绿墨绿，和周围的枯黄野地形成鲜明对比。

我想大概是一个月前，浇灌麦地的人没看好水，或许他把水放进麦田后睡觉去了。水漫过田埂，顺这条干沟漫流而下。枯萎多年的荒草终于等来一次生机。那种绿，是积攒了多少年的，一如我目光中的饥渴。我虽不能像一头牛一样扑过去，猛吃一顿，但我可以在绿草中睡一觉。和我喜爱的东西一起睡，做一个梦，也是满足。

一个在枯黄田野上劳忙半世的人，终于等来草木青青的一年。一小片。草木会不会等到我出人头地的一天？

这些简单地长几片叶、伸几条枝、开几瓣小花的草木，从没长高长大、没有茂盛过的草木，每年每年，从我少有笑容的脸和无精打采的行走中，看到的是否全是不景气？

我活得太严肃，呆板的脸似乎对生存已经麻木，忘了对一朵花微笑，为一片新叶欢欣和激动。这不容易开一次的花朵，难得长出的一片叶子，在荒野中，我的微笑可能是对一个卑小生命的欢迎和鼓励。就像青青芳草让我看到一生中那些还未到来的美好前景。

以后我觉得，我成了荒野中的一个。真正进入一片荒野其实不容易，荒野旷敞着，这个巨大的门让你努力进入时不经意已经走出来，成为外面的人。它的细部永远对你紧闭着。

走进一株草、一滴水、一粒小虫的路可能更远。弄懂一棵草，并不仅限于把草喂到嘴里嚼嚼，尝尝味道。挖一个坑，把自己栽进去，浇点水，直愣愣站上半天，感觉到的可能只是腿酸脚麻和腰疼，并不能断定草木长在土里也是这般情景。人没有草木那样深的根，无法知道土深处的事情。人埋在自己的事情里，埋得暗无天日。人把一件件事情干完，干好，人就渐渐出来了。

我从草木身上得到的只是一些人的道理，并不是草木的道理。我自以为弄懂了它们，其实我只是弄懂了自己。我不懂它们。

花园

汪曾祺

在任何情形之下，那座小花园是我们家最亮的地方。虽然它的动人处不是，至少不仅在于这点。

每当家像一个概念一样浮现于我的记忆之上，它的颜色是深沉的。

祖父年轻时建造的几进，是灰青色与褐色的。我自小养育于这种安定与寂寞里。报春花开放在这种背景前是好的。它不至被晒得那么多粉。固然报春花在我们那儿很少见，也许没有，不像昆明。

曾祖留下的则几乎是黑色的，一种类似眼圈上的黑色（不要说它是青的）里面充满了影子。这些影子足以使供在神龛前的花消失。晚间点上灯，我们常觉那些布灰布漆的大柱子一直伸拔到无穷高处。神堂屋里总挂一只鸟笼，我相信即是现在也挂一只的。那只青裆子永远眯着眼假寐（我想它做个哲学家，似乎身子太小了）。只有巳时将尽，它唱一会儿，洗个澡，抖下一团小雾在伸展到廊内片刻的夕阳光影里。

一下雨，什么颜色都郁起来，屋顶、墙、壁上花纸的图案，甚至鸽子：铁青子、瓦灰、点子、霞白。宝石眼的好处这时才显出来。于是我们，等斑鸠叫单声，在我们那个园里叫。等着一棵榆梅稍经一触，落下碎碎的瓣子，等着重新着色后的草。

我的脸上若有从童年带来的红色，它的来源是那座花园。

我的记忆有菖蒲的味道。然而我们的园里可没有菖蒲呵！它是哪儿来的，是那些草？这是一个无法解决的问题。但是我此刻把它们没有理由地纠在一起。

“巴根草，绿茵茵，唱个唱，把狗听。”每个小孩子都这么唱过吧。有时什么也不做，我躺着，用手指绕住它的根，用一种不露锋芒的力量拉，听顽强的根胡一处一处断。这种声音只有拔草的人自己才能听得。当然我嘴里是含着一根草了。草根的甜味和它的似有若无的水红色是一种自然的巧合。

草被压倒了。有时我的头动一动，倒下的草又慢慢站起来。我静静地注视它，很久很久，看它的努力快要成功时，又把头枕上去，嘴里叫一声“嗯”！有时，不在意，怜惜它的苦心，就算了。这种性格呀！那些草有时会吓我一跳的，它在我的耳根伸起腰来了，当我看天上的云。

我的鞋底是滑的，草磨得它发了光。

莫碰臭芝麻，沾惹一身，嗐，难闻死人。沾上身子，不要用手指去拈。用刷子刷。这种籽儿有带钩儿的毛，讨嫌死了。至今我不能忘记它：因为我急于要捉住那个“都溜”（一种蝉，叫得最好听），我举着我的网，蹑手蹑脚，抄近路过去，循它的声音找着时，拍，得了。可是回去，我一身都是那种臭玩意。想想我捉过多少“都溜”！

我觉得虎耳草有一种腥味。

紫苏的叶子上的红色呵，暑假快过去了。

那棵大垂柳上常常有天牛，有时一个，两个的时候更多。它们总像有一桩事情要做，六只脚不停地运动，有时停下来，那动着的便是两根有节的触须了。我们以为天牛触须有一节它就有一岁。捉天牛用手，不是如何困难工作，即使它在树枝上转来转去，你等一个合适地点动手。常把脖子弄累了，但是失望的时候很少。这小小生物完全如一个有教养惜身份的绅士，行动从容不迫，虽有翅膀可从不想到飞；即是飞，也不远。一捉住，它便吱吱扭扭地叫，表示不同意，然而行为依然是温文尔雅的。黑底白斑的天牛最多，也有极瑰丽颜色的。有一种还似乎带点玫瑰香味。天牛的玩法是用线扣在脖子上看它走。令人想起……不说也好。

蟋蟀已经变成大人玩意了。但是大人的兴趣在斗，而我们对于捉蟋蟀的兴趣恐怕要更大些。我看过一本秋虫谱，上面除了苏东坡、米南宫，还有许多济颠和尚说的话，都神乎其神的不大好懂。捉到一个蟋蟀，我不能看出它颈子上的细毛是瓦青还是朱砂，它的牙是米牙还是菜牙，但我仍然是那么欢喜。听，嚁嚁嚁嚁，哪里？这儿是的，这儿了！用草掏，手扒，水灌，嚁，蹦出来了。顾不得螺螺藤拉了手，扑，追着扑。有时正在外面玩得很好，忽然想起我的蟋蟀还没喂呐，于是赶紧回家。我每吃一个梨，一段藕，吃石榴吃菱，都要分给它一点。正吃着晚饭，我的蟋蟀叫了。我会举着筷子听半天，听完了对父亲笑笑，得意极了。一捉蟋蟀，那就整个园子都得翻个身。我最怕翻出那种软软的鼻涕虫。可是堂弟有的是办法，撒一点盐，立刻它就化成一摊水了。

有的蝉不会叫，我们称之为哑巴。捉到哑巴比捉到“红娘”更坏。但哑巴也有一种玩法。用两个马齿苋的瓣子套起它的眼睛，那是刚刚合适的，仿佛马齿苋的瓣子天生就为了这种用处才长成那么个小口袋样子，一放手，哑巴就一直向上飞，决不偏斜转弯。

蜻蜓一个个选定地方息下，天就快晚了。有一种通身铁色的蜻蜓，翅膀较窄，称“鬼蜻蜓”。看它款款地飞在墙角花阴，不知什么道理，心里有一种说不出来的难过。

好些年看不到土蜂了。这种蠢头蠢脑的家伙，我觉得它也在花朵上把屁股撅来撅去的，有点不配，因此常常愚弄它。土蜂是在泥地上掘洞当作窠的。看它从洞里把个有绒毛的小脑袋钻出来（那神气像个东张西望的近视眼），嗡，飞出去了，我便用一点点湿泥把那个洞封好，在原来的旁边给它重掘一个，等着，一会儿，它拖着肚子回来了，找呀找，找到我掘的那个洞，钻进去，看看，不对，于是在四近大找一气。我会看着它那副急样笑个半天。或者，干脆看它进了洞，用一根树枝塞起来，看它从别处开了洞再出来。好容易，可重见天日了，它老先生于是坐在新大门旁边息息，吹吹风。神情中似乎是生了一点气，因为到这时已一声不响了。

祖母叫我们不要玩螳螂，说是它吃了土谷蛇的脑子，肚里会生出一种铁线蛇，缠到马脚脚就断，什么东西一穿就过去了，穿到皮肉里怎么办？

它的眼睛如金甲虫，飞在花丛里五月的夜。

故乡的鸟呵。

我每天醒在鸟声里。我从梦里就听到鸟叫，直到我醒来。我听得出几种极熟悉的叫声，那是每天都叫的，似乎每天都在那个固定的枝头。

有时一只鸟冒冒失失飞进那个花厅里，于是大家赶紧关门，关窗子，吆喝，拍手，用书扔，竹竿打，甚至把自己帽子向空中摔去。可怜的东西这一来完全没了主意，只是横冲直撞地乱飞，碰在玻璃上，弄得一身蜘蛛网，最后大概都是从两椽之间空隙脱走。

园子里时时晒米粉，晒灶饭，晒碗儿糕。怕鸟来吃，都放一片红纸。为了这个警告，鸟儿照例就不来，我有时把红纸拿掉让它们大吃一阵，到觉得它们太不知足时，便大喝一声赶去。

我为一只鸟哭过一次。那是一只麻雀或是癞花。也不知从什么人处得来的，欢喜得了不得，把父亲不用的细篾笼子挑出一个最好的来给它住，配一个最好的雀碗，在插架上放了一个荸荠，安了两根风藤跳棍，整整忙了一半天。第二天起得格外早，把它挂在紫藤架下。正是花开的时候，我想是那全园最好的地方了。一切弄得妥妥当当后，独自还欣赏了好半天，我上学去了。一放学，急急回来，带着书便去看我的鸟。笼子掉在地下，碎了，雀碗里还有半碗水，“我的鸟，我的鸟呐！”父亲正在给碧桃花接枝，听见我的声音，忙走过来，把笼子拿起来看看，说：“你挂得太低了，鸟在大伯的玳瑁猫肚子里了。”哇的一声，我哭了。父亲推着我的头回去，一面说“不害羞，这么大人了”。

有一年，园里忽然来了许多夜哇子。这是一种鹭鸶属的鸟，灰白色，据说它们头上那根毛能破天风。所以有那么一种名，大概是因为它的叫声如此吧。故乡古话说这种鸟常带来幸运。我见它们叽叽喳喳做窠了，我去告诉祖母，祖母去看了看，没有说什么话。我想起它们来了，也有一天会像来了一样又去了的。我尽想，从来处来，从去处去，一路走，一路望着祖母的脸。

园里什么花开了，常常是我第一个发现。祖母的佛堂里那个铜瓶里的花常常是我换新。对于这个孝心的报酬是有需掐花供奉时总让我去，父亲一醒来，一股香气透进帐子，知道桂花开了，他常是坐起来，抽支烟，看着花，很深远地想着什么。冬天，下雪的冬天，一早上，家里谁也还没有起来，我常去园里摘一些冰心腊梅的朵子，再掺着鲜红的天竺果，用花丝穿成几柄，清水养在白瓷碟子里放在妈（我的第一个继母）和二伯母妆台上，再去上学。我穿花时，服侍我的女佣人小莲子，常拿着掸帚在旁边看，她头上也常戴着我的花。

我们那里有这么个风俗，谁拿着掐来的花在街上走，是可以抢的，表姐姐们每带了花回去，必是坐车。她们一来，都得上园里看看，有什么花开得正好，有时竟是特地为花来的。掐花的自然又是我。我乐于干这项差事。爬在海棠树上，梅树上，碧桃树上，丁香树上，听她们在下面说："这枝，唉，这枝这枝，再过来一点，弯过去的，喏，唉，对了对了！"冒一点险，用一点力，总给办到。有时我也贡献一点意见，以为某枝已经盛开，不两天就全落在台布上了，某枝花虽不多，样子却好。有时我陪花跟她们一道回去，路上看见有人看过这些花一眼，心里非常高兴。碰到熟人同学，路上也会分一点给她们。

想起绣球花，必连带想起一双白缎子绣花的小拖鞋，这是一个小姑姑房中东西。那时候我们在一处玩，从来只叫名字，不叫姑姑。只有时写字条时如此称呼，而且写到这两个字时心里颇有种近于滑稽的感觉。我轻轻揭开门帘，她自己若是不在，我便看到这两样东西了。太阳照进来，令人明白感觉到花在吸着水，仿佛自己真分享到吸水的快乐。我可以坐在她常坐的椅子上，随便找一本书看看，找一张纸写点什么，或有心无意地画一个枕头花样，把一切再恢复原来样子不留什么痕迹，又自去了。但她大都能发觉谁来过了。到第二天碰到，必指着手说：“还当我不知道呢。你在我绷子上戳了两针，我要拆下重来了！”那自然是吓人的话。那些绣球花，我差不多看见它们一点一点地开，在我看书做事时，它会无声地落两片在花梨木桌上。绣球花可由人工着色。在瓶里加一点颜色，它便会吸到花瓣里。除了大红的之外，别种颜色看上去都极自然。我们常以骗人说是新得的异种。这只是一种游戏，姑姑房里常供的仍是白的。为什么我把花跟拖鞋画在一起呢？真不可解。——姑姑已经嫁了，听说日子极不如意。绣球快开花了，昆明渐渐暖起来。

花园里旧有一间花房，由一个花匠管理。那个花匠仿佛姓夏。关于他的机灵促狭和女人方面的恩怨，有些故事常为旧日佣仆谈起，但我只看到他常来要钱，样子十分狼狈，局局促促，躲避人的眼睛，尤其是说他的故事的人的。花匠离去后，花房也跟着改造园内房屋而拆掉了。那时我认识花名极少，只记得黄昏时，夹竹桃特别红，我忽然又害怕起来，急急走回去。

我爱逗弄含羞草。触遍所有叶子，看都合起来了，我自低头看我的书，偷眼瞧它一片片地开张了，再猝然又来一下。他们都说这是不好的，有什么不好呢。

荷花像是清明栽种。我们吃吃螺蛳，抹抹柳球，便可看佃户把马粪倒在几口大缸里盘上藕秧，再盖上河泥。我们在泥里找蚬子、小虾，觉得这些东西搬了这么一次家，是非常奇怪有趣的事。缸里泥晒干了，便加点水，一次又一次，有一天，紫红色的小觜子冒出来了水面，夏天就来了。赞美第一朵花。荷叶上哗啦哗啦响了，母亲便把雨伞寻出来，小莲子会给我送去。

大雨忽然来了。一个青色的闪照在槐树上，我赶紧跑到柴草房里去。那是距我所在处最近的房屋。我爬上堆近屋顶的芦柴上，听水从高处流下来，响极了，訇——，空心的老桑树倒了，葡萄架塌了，我的四近越来越黑了，雨点在我头上乱跳。忽然一转身，墙角两个碧绿的东西在发光！哦，那是我常看见的老猫。老猫又生了一群小猫了。原来它每次生养都在这里。我看它们攒着吃奶，听着雨，雨慢慢小了。

那棵龙爪槐是我一个人的。我熟悉它的一切好处，知道哪个枝子适合哪种姿势。云从树叶间过去。壁虎在葡萄上爬。杏子熟了。何首乌的藤爬上石笋了，石笋那么黑。蜘蛛网上一只苍蝇。蜘蛛呢？花天牛半天吃了一片叶子，这叶子有点甜嘛，那么嫩。金雀花那儿好热闹，多少蜜蜂！啵——，金鱼吐出一个泡，破了，下午我们去捞金鱼虫。香橼花蒂的黄色仿佛有点忧郁，别的花是飘下，香橼花是掉下的，花落在草叶上，草稍微低头又弹起。大伯母掐了枝珠兰戴上，回去了。大伯母的女儿，堂姐姐看金鱼，看见了自己。石榴花开，玉兰花开，祖母来了。“莫掐了，回去看看，瓶里是什么？”“我下来了，下来扶您。”

槐树种在土山上，坐在树上可看见隔壁佛院。看不见房子，看到的是关着的那两扇门，关在门外的一片田园。门里是什么岁月呢？钟鼓整日敲，那么悠徐，那么单调，门开时，小尼姑来抱一捆草，打两桶水，随即又关上了。水咚咚地滴回井里。那边有人看我，我忙把书放在眼前。

家里宴客，晚上小方厅和花厅有人吃酒打牌（我记得有个人吹得极好的笛子）。灯光照到花上、树上，令人极欢喜也十分忧郁。点一个纱灯，从家里到园里，又从园里到家里，我一晚上总不知走了无数趟。有亲戚来去，多是我照路，说哪里高，哪里低，哪里上阶，哪里下坎。若是姑妈舅母，则多是扶着我肩膀走。人影人声都如在梦中。但这样的时候并不多。平日夜晚园子是锁上的。

小时候胆小害怕，黑魆魆的，树影风声，令人却步。而且相信园里有个“白胡子老头子”，一个土地花神，晚上会出来，在那个土山后面，花树下，冉冉地转圈子，见人也不避让。

有一年夏天，我已经像个大人了，天气郁闷，心上另外又有一点小事使我睡不着，半夜到园里去。一进门，我就停住了。我看见一个火星。咳嗽一声，招我前去，原来是我的父亲。他也正因为睡不着觉在园中徘徊。他让我抽一支烟（我刚会抽烟），我搬了一张藤椅坐下，我们一直没有说话。那一次，我感觉我跟父亲靠得近极了。

四月二日。月光清极。夜气大凉。似乎该再写一段作为收尾，但又似无须了。便这样吧，日后再说。逝者如斯。

第三章

精神明亮的人

在安静中寻找生活的趣味

朱光潜

人生乐趣一半得之于活动，也还有一半得之于感受。所谓“感受”是被动的，是容许自然界事物感动我的感官和心灵。

这两个字含义极广。眼见颜色，耳闻声音，是感受；见颜色而知其美，闻声音而知其和，也是感受。

同一美颜，同一和声，而各个人所见到的美与和的程度又随天资境遇而不同。

比方路边有一棵苍松，你看见它只觉得可以砍来造船；我见到它可以让人纳凉；旁人也许说它很宜于入画，或者说它是高风亮节的象征。

再比方街上有一个乞丐，我只能见到他的蓬头垢面，觉得他很讨厌；你见他便发慈悲心，给他一个铜子；旁人见到他也许立刻发下宏愿，要打翻社会制度。

这几个人反应不同，都由于感受力有强有弱。

世间天才之所以为天才，固然由于具有伟大的创造力，而他的感受力也分外比一般人强烈。

比方诗人和美术家，你见不到的东西他能见到，你闻不到的东西他能闻到。麻木不仁的人就不然，你就请伯牙向他弹琴，他也只联想到棉匠弹棉花。

感受也可以说是“领略”，不过领略只是感受的一方面。世界上最快活的人不仅是最活动的人，也是最能领略的人。

所谓领略，就是能在生活中寻出趣味。

好比喝茶，渴汉只管满口吞咽，会喝茶的人却一口一口地细啜，能领略其中风味。

能处处领略到趣味的人决不至于岑寂，也决不至于烦闷。

朱子有一首诗说：“半亩方塘一鉴开，天光云影共徘徊，问渠哪得清如许？为有源头活水来。”这是一种绝美的境界。你姑且闭目一思索，把这幅图画印在脑里，然后假想这半亩方塘便是你自己的心，你看这首诗比拟人生苦乐多么惬当！

一般人的生活干燥，只是因为他们的“半亩方塘”中没有天光云影，没有源头活水来，这源头活水便是领略得的趣味。

领略趣味的能力固然一半由于天资，一半也由于修养。大约静中比较容易见出趣味。

物理上有一条定律说：两物不能同时并存于同一空间。这个定律在心理方面也可以说得通。一般人不能感受趣味，大半因为心地太忙，不空所以不灵。我所谓“静”，便是指心界的空灵，不是指物界的沉寂，物界永远不沉寂的。

你的心境愈空灵，你愈不觉得物界沉寂，或者我还可以进一步说，你的心界愈空灵，你也愈不觉得物界喧嘈。所以习静并不必定要逃空谷，也不必定学佛家静坐参禅。

静与闲也不同。

许多闲人不必都能领略静中趣味，而能领略静中趣味的人，也不必定要闲。在百忙中，在尘市喧嚷中，你偶然丢开一切，悠然遐想，你心中便蓦然似有一道灵光闪烁，无穷妙悟便源源而来。这就是忙中静趣。

我这番话都是替两句人人知道的诗下注脚。这两句诗就是“万物静观皆自得，四时佳兴与人同”。大约诗人的领略力比一般人都要大。近来看周启孟的《雨天的书》引日本人小林一茶的一首俳句：

> 不要打哪，苍蝇搓他的手，搓他的脚呢。

觉得这种情境真是幽美。你懂得这一句诗就懂得我所谓静趣。中国诗人到这种境界的也很多。现在姑且就一时所想到的写几句给你看：

> 鱼戏莲叶东，鱼戏莲叶西，鱼戏莲叶南，鱼戏莲叶北。
>
> ——古诗，作者姓名佚
>
> 山涤余霭，宇暧微霄。有风自南，翼彼新苗。
>
> ——陶渊明《时运》

采菊东篱下，悠然见南山。山气日夕佳，飞鸟相与还。

——陶渊明《饮酒》

目送归鸿，手挥五弦。俯仰自得，游心太玄。

——嵇叔夜《送秀才从军》

倚杖柴门外，临风听暮蝉。渡头余落日，墟里上孤烟。

——王摩诘《赠裴迪》

像这一类描写静趣的诗，唐人五言绝句中最多。你只要仔细玩味，你便可以见到这个宇宙又有一种景象，为你平时所未见到的。

梁任公的《饮冰室文集》里有一篇谈“烟士披里纯”，詹姆斯的《与教员学生谈话》（James：*Talks To Teachers and Students*）里面有三篇谈人生观，关于静趣都说得很透辟。

可惜此时这两部书都不在手边，不能录几段出来给你看。你最好自己到图书馆里去查阅。詹姆斯的《与教员学生谈话》那三篇文章（最后三篇）尤其值得一读，记得我从前读这三篇文章，很受他感动。

静的修养不仅是可以使你领略趣味，对于求学处事都有极大帮助。释迦牟尼在菩提树荫静坐而证道的故事，你是知道的。古今许多伟大人物常能在仓皇扰乱中雍容应付事变，丝毫不觉张皇，就因为能镇静。

现代生活忙碌，而青年人又多浮躁。你站在这潮流里，自然也难免跟着旁人乱嚷。

你多在静中领略些趣味，不特你自己受用，就是你的朋友们看着你也快慰些。我生平不怕呆人，也不怕聪明过度的人，只是对着没有趣味的人，要勉强同他说应酬话，真是觉得苦也。你对着有趣味的人，你并不必多谈话，只是默然相对，心领神会，便可觉得朋友中间的无上至乐。

（本文选入时标题有改动，内容有删减，段落有调整）

北平的庙会

张中行

因为在北平住过几年，而且曾经有过一个家，便有时被人看作“老北京”了。据说乡村人称老北京为“京油子”，意思是不务实际的人，取义似乎没有“老北京”来得客气，堂皇。

因为被人目为“老北京”，所以外乡的朋友常以怎样逛北平的问题来问。这问题假若由外宾引导员去答一定很简便，什么西山、北海、天坛、八达岭等等，不上几天，便可逛完。但我总不以此种逛法为然，所以要答复也常不能使人满意，因为我是根本主张欲理解北平的文化是非住上三年五年不可的。

北平不比商埠，有洋房，有摩天楼，假若你到北平去找华丽的大楼，那你只有败兴。那么到北平应该逛什么呢？此非一二言所能尽：假若你对于历史有兴趣，你应该先知道这古城的家世。隋唐的塔，元明的庙不用说，就是商店，也不少是几百年前的。北平也追时髦，然而时髦有个限度，譬如同仁堂的门匾，砂锅居的肉锅，你是给他多少钱他也不会换的。

你说北平颓唐，衰老，不合时代，但她仍是这么古老下去，也许时代转换更能给她些光荣，正如秋天的枫叶，愈老愈红。所以你要逛，就须钻入她的内心，靠城根租一所房子，住上三年两年，你然后才有时间去厂甸，去鬼市，逛庙会，吃爆肚，喝豆汁等等；不然你走马看花，专追名胜，那她只有给你一副残破相。

记得知堂先生说北平是元明以来的古城，总应该有很多好吃的点心的。北平不只零吃多，可玩赏的地方也多，单说庙会吧：每旬的九、十、一、二是隆福寺，三是土地庙，五、六是白塔寺，七、八是护国寺，几乎天天有；如再加上正月初一的东岳庙，初二的财神庙，十七八的白云观，三月初三的蟠桃宫，你会说北平真是庙会的天下了。

鉴赏北平应该自己去看，去尝，去听，靠书本的引导就不行。不信你翻一翻《日下旧闻》《春明梦余录》，以及《北平游览指南》等书，关于庙会就很少记载，盖庙会根本不为高文厚册所看重也。

记庙会颇难，因其太杂。地大庙破，人多物杂，老远望去就觉得乱糟糟，进去以后更是高高低低，千门万户，东一摊，西一案，保你摸不着头脑。但你看久了以后，也会发现混乱之中正有个系统，嘈杂之中也有一定的腔调，然后你才会了解它，很悠闲地走进去，买你所要买的，玩你所要玩的，吃你所要吃的，你不忍离开它，散了以后，再盼着下一次。

赶庙会的买卖人是既非行商，又非坐贾，十天来一次，卖上两天又走了，正像下乡的戏班，到了演期，搭上台子，就若有其事地吆喝起来，等到会期一过，就云飞星散。庙会的末天的晚上，他们或推车，或挑担，离开这个庙，去到另一个庙，地方总新鲜，人与货仍是那一群。

庙会里货物的种类可真多，大至绸缎古玩，小至碎布烂铁，无论是居家日用，足穿头戴，或斗鸡走狗，花鸟虫鱼，无所不备。只要你有所欲，肯去，它准使你满意，而且价钱还便宜，不像大商店或市场，动不动就是几块钱。

庙会的交易时刻是很短的，从午后到日落，在此时以外没有人去，去也没有人卖。时间短而买卖多，所以显得特别匆忙。人们挨肩挤背地进去，走过每一个摊，每一个案。庙会的东西很少言不二价，常去的人自然知道哪一类东西诳多，哪一类东西诳少，看好了，给一个公道价，自然很快成交。

北平这城有她自己的文化，有她自己的风格，不管你来自天南海北，只要你在这里住久了，就会被她融化，染有她的习惯，染有她的情调，于是生活变成“北平的”了。然而在这同一北平的情调之中，也分成三六九等，譬如学生是一流，商贾是一流，而住家则另是一流也。

严格说起来，北平的情调应该拿住家来代表，也唯有住家的生活才真正够得上“北平的”，这一点不能详说了。我总以为北平的地道精神不在东交民巷、东安市场、大学、电影院，这些在地道北平精神上讲起来只能算左道，摩登，北平容之而不受其化。任你有跳舞场，她仍保存茶馆；任你有球场，她仍保存鸟市；任你有百货公司，她仍保存庙会。

地道北平精神由住家维持，庙会为住家一流而设，所以庙会也很尽了维持之力。以鞋为例：纵然有多少摩登女子去市场买高跟鞋，然而住家碧玉仍然去庙会寻平底，她们走遍所有的鞋摊，躲在摊后去试，试好了，羞答答地走回家去，道上也许会遇见穿高跟鞋的女郎，但她们不羡慕这些，有时反倒厌恶，她们知道穿上那种鞋会被胡同里的人笑话，那是摩登，是胡闹。

市场是摩登，庙会是过日子，过日子与摩登大有分别，所以庙会的货物不求太精，只取坚而贱，由坚而贱中领略人生，消磨日子，自然会厌弃摩登，这是住家的可取处，也是庙会的可取处。由住家去庙会，买锅买炉，买鞋买袜，看戏吃茶，挑花选鸟，费钱不多，器用与享乐两备，真是长久过日子之道。摩登不解此，笑庙会嘈杂，卑下，只知出入市场，照顾公司；一到自己过日子，东西不是，左右无着，然后哭丧着脸，怨天尤人，皆是不解庙会，离开住家之病也。

庙会专为住家而设，所以十天中开上两天也就够了。住家中有老少男女，色目不同，趣味各异，庙会商人洞明住家情形，预备一切住家需要的东西，不管你是老翁、稚子，或管家的主妇、将出阁的姑娘，只要你去，它准使你有所欲，或买或玩，消磨半日，眉开眼笑地回去。

你是闲人雅士，它有花鸟虫鱼；你是当家主妇，它有锅盆碗箸；你是顽童稚子，它有玩具零食；你是娇媚姑娘，它有手帕脂粉。此外你想娱乐，它有地班戏，戴上胡子就算老生，抹上白粉就算花旦，虽然不好，倒也热闹，使你发笑，使你轻松。

就按我自己来说，是非常爱庙会的，每次都是高高兴兴地去，我想旁人也应该是这样。人生任有多少幻想，也终不免于过小家日子，这是快乐的事，也是严肃的事，而庙会正包含这两种情调，所以我爱它，爱每一个去庙会的人。有一次，我从庙会里买回两只鸟，用手提着向家里走，路上常常有人很亲切地问：

“这只鸟还好哇，多少钱？”

我一个个地答复，有时谈得亲热了，不得不伫立在道旁，听他的批评，他的意见，有些人甚至唠唠叨叨地说起他的养鸟历史，热切地把他的经验告诉我，看样这些人也是常去庙会的。庙会使人们亲密，结合，系住每一个人的心。

常听离开北平的人说：“在北平时不觉得怎么样，才一离开，便想得要命。”我自与北平别，便觉得此话千真万确。闲时想了想，北平的事物几乎样样值得怀念，而庙会就是其一。这大概是现在还不能不过小家日子之故，锅盆碗箸，为我所用，花鸟虫鱼，为我所喜，然今皆不习见，即见，亦不若庙会之亲切。爱而至于不忘，此即北平之魅力乎？此中意境，恐非登西山，跑北海，奔波三五日即离开的朋友所能理解也。

1936年5月9日于津南开

泥泞

迟子建

北方的初春是肮脏的，这肮脏当然源自于我们曾经热烈赞美过的纯洁无瑕的雪。

在北方漫长的冬季里，寒冷催生了一场又一场的雪，它们自天庭伸开美丽的触角，纤柔地飘落到大地上，使整个北方沉沦于一个冰清玉洁的世界中。如果你在飞雪中行进在街头，看着枝条濡着雪绒的树，看着教堂屋顶的白雪，看着银色的无限延伸着的道路，你的内心便会洋溢着一股激情：为着那无与伦比的壮丽或者是苍凉。

然而，春风来了。春风使积雪融化，它们在消融的过程中容颜苍老、憔悴，仿佛一个即将撒手人寰的老妇人。雪在这时候将它的两重性毫无保留地暴露出来：它的蔓丽依附于寒冷，因而它是一种静止的美、脆弱的美；当寒冷已经成为西天的落霞，和风丽日映照它们时，它的丑陋才无奈地呈现。——小巷里泥水遍布；排水沟因为融雪后污水的加入而增大流量，哗哗地响；燕子在潮湿的空气里衔着湿泥在檐下筑巢；鸡、鸭、鹅、狗将它们游荡小巷的爪印带回农家的小院，使院子里印满无数爪形的泥印章，宛如月下松树庞大的投影；老人在走路时不小心失了手杖，那手杖被拾起时已成了泥手杖；孩子在小巷奔跑嬉闹时不慎将嘴里含着的糖掉到泥水中了，他便失神地望着那泥水呜呜地哭，而窥视到这一幕的孩子的母亲却快意地笑起来……

这是我童年时常常经历的情景，它的背景是北方的一个小山村，时间当然是泥泞不堪的早春时光了。

我热爱这种浑然天成的泥泞。泥泞常常使我联想到俄罗斯这个伟大的民族，罗蒙诺索夫、柴可夫斯基、陀思妥耶夫斯基、托尔斯泰、蒲宁、普希金就是踏着泥泞一步步朝我们走来的。俄罗斯的艺术洋溢着一股高贵、博大、不屈不挠的精神气息，不能不说与这种春日的泥泞有关。泥泞诞生了跋涉者，它给忍辱负重者以光明和力量，给苦难者以和平和勇气。一个伟大的民族需要泥泞的磨砺和锻炼，它会使人的脊梁永远不弯，使人在艰难的跋涉中懂得土地的可爱、博大和不可丧失，懂得祖国之于人的真正含义：当我们爱脚下的泥泞时，说明我们已经拥抱了一种精神。

如今，在北方的城市所感受到的泥泞已经不像童年时那么深重了。但是在融雪的时节，我走在农贸市场的土路上，仍然能遭遇那种久违的泥泞。泥泞中的废纸、草屑、烂菜叶、鱼的内脏等等杂物若隐若现着，一股腐烂的气味扑入鼻息。

这感觉当然比不得在永远有绿地环绕的西子湖畔，撑一把伞在烟雨蒙蒙中耽于幻想来得惬意，但它仍然能使我陷入另一种怀想。想起木轮车沉重地辗过它时所溅起的泥珠，想起北方的人民跋涉其中艰难的背影，想起我们曾有过的苦难和屈辱，我为双脚仍然能触摸到它而感到欣慰。

我们不会永远回头重温历史，我们也不会刻意制造一种泥泞，让它出现在未来的道路上，但是，当我们在被细雨洗刷过的青石板路上走倦了，当我们面对着无边的落叶茫然不知所措时，当我们的笔面对白纸不再有激情而苍白无力时，我们是否渴望着在泥泞中跋涉一回呢？为此，我们真应该感谢雪，它诞生了寂静、单纯、一览无余的美，也诞生了肮脏、使人警醒、给人力量的泥泞。因此，它是举世无双的。

岁月

韩少功

时间越过越快，尤其是最近这十多年，因为速度太快而拉成了一道花白，什么也看不清，过了就如没过一样。

回想起来，记忆最深的生活也就是最困苦的生活，那让人心有余悸的记忆，几乎可以落实到每一天，每一小时，每一分钟。也许正是由于害怕这种记忆的丢失，我一次次情不自禁地制造着困苦，就像孩子无聊时情愿把自己的指头咬疼。我从湖南迁居到了海南，住进了一间简陋破旧的军营平房。我面临着严重缺电的情况，每天晚上都只能点上昏暗的蜡烛，看街头那些铺面，都叭叭叭地有小电机四处冒烟。我也面临着缺水的局面，常常刚开始做饭水管就断流，需要人提着桶四处找水，当然更需要把海边和河边当作浴场。这时候的海口，还算不上一个城市，更像一个大集镇和大渔村，缺少交通红绿灯，缺少下水道，到处都有绿色农田和荒坡，野生的火鸡、兔子不时闯入家门。还有黑压压的热带蚂蚁，不知什么时候突然涌上墙头，使白墙变成了黑墙，不一会儿又突然消失，让白墙完好无损地重现人间。

人都希望生活得安定和舒适，但安定和舒适加速了时光，缩短了我们的生命，是一种偷偷的掠夺。这是一种两难。尼采说过："要使你的生命变得长一点儿吗？让你自己处于危险之中。"（见《查拉图斯特拉如是说》）危险，还有广义的危险，包括贫困、歧视，动荡不安等等，能使我们的感官充分地开放，对信息的吸纳力成倍地增强，身边的任何动静都难以错过或逃出我们的关注，并且最终成为记忆烙入心头——我们不妨称之为感觉的"紧张增效规律"。只有凭借感觉的丰收，凭借具象在记忆中的丰富储存，人们才能证明生活的存在，证明自己不同于病床上那些植物人。

然而安逸也正在磨灭着感知力，人们一直在追求着的幸福正在使我们植物人化。

安逸就是感觉的催眠者，是一部能让人兴奋几天的美妙电影，一部将千百次重复从而让人昏昏欲睡的电影，最后让观众在暖洋洋的沙发里成为一个空，一个没有走进医院的植物人。这些人其实没有生命，因为他们没有痛苦的"度日如年"而有幸福的"度年如日"，雷同的日子无论千万也只是同一个日子。

生活就是苏醒，是一次从全宇宙漫漫长夜里苏醒过来的机会，每个人只有这样的一次机会。我已经打了几个盹儿，一次次差一点儿睡去。因此我必须让自己惊醒，让自己被激活，永远能够看到、听到、嗅到、尝到、触摸到什么，就像我遭遇奇迹时检验自己是否在梦中一样。我必须走出海口市龙昆南路 99 号这一个大睡袋，洗洗脸，刷刷牙，走到外面刺眼炫目的感觉中去。我知道，出外旅游是无济于事的，任何旅游都不会陌生也没有危险，不过是把电视机里的良辰美景来一次放大的复习；酒吧茶馆的社交也是无济于事的，任何社交都不会陌生也没有危险，不过是把电话筒里的寒暄客套来一次面对面的可视性复习。我甚至明白，读书和写作也不管用，这些文字运动能滋养我的大脑却可能荒废了感官，让我的眼睛、耳朵、鼻子、口舌、肌肤等过早地机能衰退。

但我发现，无论是苦行者的冒险还是享乐者的冒险，凡是我羡慕的生活总是最靠近死亡的生活，投入其中，需要生的勇气同时也是死的勇气：生与死是如此相邻。

我害怕死，其实也害怕生，终于明白生并不比死更容易。我肯定会拿出种种借口来逃避那些生活，逃避新的开始。对孩子的责任，对父母和妻子的义务，还有朋友的托付和单位里的公务，还有生活所必需的钱……都是逃避者很正当的理由。我甚至可以义正词严地说服自己：为什么一定要把陌生和危险当作目的？为寻找什么感觉而离家出走是否过于自私？

我当然没有说错。一代代人就是这样说服自己的，于是心安理得地积攒着和守护着自己的小幸福，不愿再把脑袋探出生活陈规之外，然后把自己声称对其负有责任的亲友也逐一变成这种植物人——送入无痛的死亡。

人似乎只能在两种死亡中选择。

肉身的死亡，或是感觉的死亡——“这是一个问题。”（莎士比亚语）

我还没有做出决定，还得想一想。

（本文选入时有删减）

女人的白夜

铁凝

我坐在窗前看窗外的窗，窗外的窗子静静地看我。

在白夜里我才知道，我看世界时，世界也在看我。

奥斯陆的白夜银白银白。夜最深时也能辨清对面窗子窗帘的颜色。那亚麻色的窗帘夜夜从不关闭，我才知道对面这老式房子并非一幢公寓。

我依然认定对面的窗子便是娜斯金卡的家，这少女的外婆正用别针把外孙女和自己别在一起。可娜斯金卡还是有办法逃走，于是，彼得堡朦胧、湿润的白夜里便有了娜斯金卡和她的爱情故事。

这是陀思妥耶夫斯基的《白夜》，十几年前它就给了我那样美好的心境。当我在黑夜里梦见白夜时，那白夜就是娜斯金卡纯净的脸。

十几年过去，我看见了真正的白夜。如今我置身奥斯陆的白夜中，又听见了另一个白夜的故事。

六月二十三日是北欧的仲夏夜狂欢节。这天白夜最长，人们在黄昏相聚海边，点起篝火，彻夜欢歌。古时这节日却是以拿女人祭神为内容的。小镇上的人们在海边燃起火堆，将一个被镇长认定有罪的女人扔进火里，烧死她以换取整个小镇的清白。

女人们惧怕这白夜的来临，惧怕自己被镇长选中，于是加倍地小心做人。

可是，每一年的仲夏夜，火堆里仍然要投入一个女人。女人们仍然要在这里战栗着狂欢。

多少多少年后，当又一个仲夏夜来临，又一个女人就要被扔进火里时，一个聪明、勇敢的女人决意夺回女人的命运。她站出来质问镇长，问他有什么证据证明那将被烧的女人有罪。镇长也很聪明，说：可以将这女人装进麻袋，绑好投入池塘。假如她飘在水面，说明她是清白的；假如她沉了下去，便是罪恶深重。

人们雀跃着拥向池塘，去观察这种验证。自然，镇长选中的女人永远是沉下去的。这种验证的方式不过使用来祭神的女人在火的折磨前又加一层水的折磨。

多少多少年后，仲夏夜狂欢的篝火里不再投入女人，时代终于使活人换成了草人。草人敷衍了神灵，草人使女人松了一口气。仲夏夜可爱了，篝火旁响起了没有战栗的歌声。

可那草人的样子是男草人还是女草人？我一直想问问讲故事的人。

（本文选入时有删减）

精神明亮的人

王开岭

一

上上世纪的一个黎明，在巴黎乡下一栋亮灯的木屋里，居斯塔夫·福楼拜在给最亲密的女友写信："我拼命工作，天天洗澡，不接待来访，不看报纸，按时看日出（像现在这样）。我工作到深夜，窗户敞开，不穿外衣，在寂静的书房里……"

"按时看日出"，我被这句话猝然绊倒了。

一位以"面壁写作"为誓志的世界文豪，一个如此吝惜时间的人，却每天惦记着"日出"，把再寻常不过的晨曦之降视若一件盛事，当作一门必修课来迎对……为什么？

它像一盆水泼醒了我，浑身打个激灵。

我竭力去想象、去模拟那情景，并久久地揣摩、体味着它——

陪伴你的，有刚刚苏醒的树木，略含咸味的风，玻璃般的草叶，潮湿的土腥味，清脆的雀啾，充满果汁的空气……还有远处闪光的河带，岸边的薄雾，怒放的凌霄，绛紫或淡蓝的牵牛花，隐隐战栗的棘条，月挂树梢的氤氲，那蛋壳般薄薄的静……

从词的意义上说，黑夜意味着“偃息”和“孕育”；而日出，则象征着一种“诞生”，一种“升矗”和“伊始”，乃富有动感、汁液和青春性的一个词。它意味着你的生命画册又添置了新的页码，你的体能电池又充满了新的热力。

正像分娩绝不重复，“日出”也从不重复。它拒绝抄袭和雷同，因为它是艺术，是大自然最重视的一幅杰作。

黎明，拥有一天中最纯澈、最鲜泽、最让人激动的光线，那是生命最易受鼓舞、最能添置信心和热望的时刻，也是最能让青春荡漾、幻念勃发的时刻。像含有神性的水晶球，它唤醒了我们对生命的原初印象，唤醒体内某种沉睡的细胞，使我们看到远方的事物，看清了险些忘却的东西，看清了梦想、光阴、生机和道路……

迎接晨曦，不仅仅是感官愉悦，更是精神体验；不仅仅是人对自然的欣赏，更是大自然以其神奇力量作用于生命的一轮撞击。它意味着一场相遇，让我们有机会和生命完成一次对视，有机会认真地打量自己，获得对个体更细腻、清新的感受。它意味着一次洗礼，一种被照耀和沐浴的仪式，赋予生命以新的索引，新的知觉，新的闪念、启示与发现……

“按时看日出”，是生命健康与积极性情的一个标志，更是精神明亮的标志！它不仅仅代表了一记生存姿态，更昭示着一种热爱生活的理念，一种生命哲学和精神美学。

透过那橘色晨曦，我触摸到了一幅优美剪影：一个人在给自己的生命举行升旗！

二

与福楼拜相比，我们对自然又是怎样的态度呢？

在一个普通人的生涯中，有过多少次沐浴晨曦的体验？我们创造过多少这样的机会？

仔细想想，或许确实有过那么一两回吧。可那又是怎样的情景呢？比如某个刚下火车的凌晨——

睡眼惺松、满脸疲态的你，不情愿地背着包，拖着慵懒灌铅的腿，被浩荡人流推搡着，在昏黄的路灯陪衬下，拥向出站口。踏上站前广场的那一霎，一束极细的猩红的浮光突然鱼鳍般拂了你一下，吹在你脸上——你倏地意识到：日出了！但这个闪念并没有打动你，你丝毫不关心它，你早已被沉重的身体击垮了，眼皮浮肿，头昏脑涨，除了赶紧找地儿睡一觉，你什么也不想，一刻也不愿再多待……

或许还有其他的机会，比如登泰山、游黄山什么的：蹲在人山人海中，蜷在租来的军大衣里，无聊而焦急地看夜光表，熬上一宿。终于，当人群开始骚动，在啧啧称奇的欢呼声中，大幕拉开，期待已久的演出开始了……然而，这一切都是在混乱、嘈杂、人声鼎沸和拥挤不堪中进行的。越过无数的后脑勺和下巴，你终于看到了，那个与电视里一模一样的场面——像升国旗一样，规定时分、规定地点、规定程序。你突然惊醒：这是早就被设计好了的，早就被导游、门票和游览图计划好了的。美是美，但就是感觉有点儿不对劲；不自然，有人工痕迹，且谋划太久，准备得太充分，不免“主题先行”的味道，像租来的、买来的……

而更多的人，或许连一次都没有！

一生中的那个时刻，他们无不蜷缩在被子里。他们在昏迷，在蒙头大睡，在冷漠地打着呼噜——第一万次、第几万次地打着呼噜。

那光线永远照不到他们，照不到那萎靡的身体和灵魂。

三

放弃早晨，意味着什么呢？

意味着你已先被遗弃了。意味着你所看到的世界是“旧”的，和昨天一模一样的“陈”。仿佛一个人老是吃经年发霉的粮食，永远轮不上新的，永远只会把新的变成旧的。意味着不等你开始，不等你站在起点上，就已被抛至中场，就像一个人未谙童趣即已步入中年。

多少年，我都没有因光线而激动的经历了。

上班的路上，挤车的当口，迎来的已是煮熟的光线，中年的光线。

可，即使你偶尔起个大早，忽萌看日出的念头，又能怎样呢？

都市的晨曦，不知从何时起，早已变了质——

高楼大厦夺走了地平线，灰蒙蒙的尘霾，空气中老有油乎乎的腻感，老有挥之不散的汽油味，即使你捂起了耳朵，也挡不住出租车的喇叭声。没有真正的黑夜，自然也就无所谓真正的黎明……没有纯洁的泥土，没有旷野远山，没有庄稼地，只有牛角一样粗硬的黑水泥和钢化砖。所有的景色，所有的目击物，皆无施洗过的那种鲜艳与亮泽、那种蔬菜般的翠绿与寂静……你意识不到一种“新”，感受不到婴儿苏醒时的那种清新与好奇，即使你大睁着眼，仍觉像在昏沉的睡梦中。

四

千禧年之际，不知谁发明了“新世纪第一缕曙光”这个诗化概念，尔后，又吸引了“文化搭台，经济唱戏”的政府投资，再经权威气象人士的加盟，竟打造出了一个富有科技含量的旅游品牌。为此，浙江的临海和温岭还发生了“曙光节之争”（南京紫金天文台将“曙光”赐予了临海的括苍山主峰，北京天文台则咬定在温岭，最后双方达成协议，将“曙光”大奖正式颁给了吉林珲春）。一时间，媒体纷至沓来，电视现场直播，鞍马争趋，庙门披红，山票陡涨，那峦顶便成了寸土寸金的摇钱树……

其实，大自然从无等级之别，时间符号只是人为的制造，对大自然来说，根本不存在厚此薄彼的所谓“新世纪”“第一缕”……看日出，本是一种私人性极强、朴素而平静的生命美学行为，而一旦搞成热闹的集市，搞成一场阵容豪华的商业演出，也就失去了其本色的自然含义。想想我们平日的冷漠与昏迷，想想每天的昏头大睡，这种对“光阴”的超强重视简直像一种讽刺。

对一个习惯了对自然的漠视、又素无美学心理积淀的人来说，即使那一刻，你花大钱购下了山的最制高点，你又能领略到什么呢？又能比别人多争取到什么呢？

爱默生在《论自然》中道：“实际上，很少有成年人能够真正看到自然，多数人不会仔细地观察太阳，至多他们只是一掠而过。太阳只会照亮成年人的眼睛，但会通过眼睛照进孩子的心灵。一个真正热爱自然的人，是那种内外感觉都协调一致的人，是那种直至成年依然童心未泯的人。”

应该说，真正热爱日出的，像福楼拜，即这种童心未泯的人。还有梭罗、史蒂文森、普里什文、蒲宁、爱德华兹……我甚至敢断言，假如他们能活到今天，在那所谓“第一缕曙光”照着的地方，一定找不着他们的身影。

无论何时何地，我们只有恢复孩子般的好奇与纯真，只有像儿童一样精神明亮、目光清澈，才能对这世界有所发现，才能比平日看到更多，才能从最平凡的事物中注视到神奇与美丽。而成人世界里，几乎已没有真正生动的自然，只剩下了桌子和墙壁，只剩下了人的游戏规则，只剩下了同人打交道的经验和逻辑……

背叛童年的成年人算什么人呢？混沌、黯淡、萎靡、失明……

值得尊敬的成年人，一定是那种“直至成年依然童心未泯的人”。

时间即生命

梁实秋

最令人怵目惊心的一件事，是看着钟表上的秒针一下一下的移动，每移动一下就是表示我们的寿命已经缩短了一部分，再看着墙上挂着的可以一张张撕下的日历，每天撕下一张就是表示我们的寿命又缩短了一天，因为时间即生命。没有人不爱惜他的生命，但很少有人珍视他的时间，如果想在有生之年做一点什么事，学一点什么学问，充实自己，帮助别人，使生命有意义，不虚此生，那么就不可浪费光阴，这道理人人都懂，可很少人真能积极不懈地善于利用他的时间。

我自己就是浪费了很多时间的一个人，我不打麻将，我也不经常听戏看电影，几年中难得一次，我不长时间看电视，通常只看半个小时，我也不串门子闲聊天，有人问我："那么你大部分时间都做了些什么呢?"我痛自反省，我发现，除了职务上的必须及人情上所不能免的活动之外，我的时间大部分都浪费了，我应该集中精力，读我所未读过的书，我应该利用所有时间，写我所要写的东西，但是我没能这样做，我的好多时间都稀里糊涂地混过去了，“少壮不努力，老大徒伤悲”。

例如我翻译莎士比亚，本来计划于课余之暇每年翻译两部，二十年即可完成，但是我用了三十年，主要的原因是懒。翻译之所以完成，主要是因为活得相当长久，十分惊险。翻译完成之后，虽然仍有工作计划，但体力渐衰，有力不从心之感，假使年轻的时候鞭策自己，如今当有较好或较多的表现，然而悔之晚矣。

再例如，作为一个中国人，经书不可不读，我年过三十才知道读书自修的重要。我批阅，我圈点，但是恒心不足，时做时辍。“五十以学易，可以无大过矣。”我如今年过八十，还没有接触过《易经》，说来惭愧。史书也很重要，我出国留学的时候，我父亲买了一套同文石印的前四史，塞满了我的行箧的一半空间，我在国外混了几年之后又把前四史原封带回来了，直到四十年后才鼓起勇气读了《通鉴》一遍，现在我要读的书太多了，深感时间有限。

无论做什么事，健康的身体是基本条件。我在学校读书的时候，有所谓“强迫运动”，我踢破过几双球鞋，打断过几只球拍，因此侥幸维持下来最低限度的体力。老来打过几年太极拳，目前则是以散步活动筋骨而已。寄语年轻朋友，千万要持之以恒地从事运动，这不是嬉戏，不是浪费时间，健康的身体是做人做事的真正的本钱。

给我的孩子们

丰子恺

我的孩子们！我憧憬于你们的生活，每天不止一次！我想委曲地说出来，使你们自己晓得。可惜到你们懂得我的话的意思的时候，你们将不复是可以使我憧憬的人了。这是何等可悲哀的事啊！

瞻瞻！你尤其可佩服。你是身心全部公开的真人。你什么事体都像拼命地用全副精力去对付。小小的失意，像花生米翻落地了，自己嚼了舌头了，小猫不肯吃糕了，你都要哭得嘴唇翻白，昏去一两分钟。外婆普陀去烧香买回来给你的泥人，你何等鞠躬尽瘁地抱他，喂他；有一天你自己失手把他打破了，你的号哭的悲哀，比大人们的破产、失恋、broken heart、丧考妣、全军覆没的悲哀都要真切。两把芭蕉扇做的脚踏车，麻雀牌堆成的火车、汽车，你何等认真地看待，挺直了嗓子叫“汪——”“咕咕咕……”，来代替汽油。宝姊姊讲故事给你听，说到“月亮姊姊挂下一只篮来，宝姊姊坐在篮里吊了上去，瞻瞻在下面看”的时候，你何等激昂地同她争，说：“瞻瞻要上去，宝姊姊在下面看！”甚至哭到漫姑面前去求审判。我每次剃了头，你真心地疑我变了和尚，好几时不要我抱。最是今年夏天，你坐在我膝上发现了我腋下的长毛，当作黄鼠狼的时候，你何等伤心，你立刻从我身上爬下去，起初眼瞪瞪地对我端相，继而大失所望地号哭，看看，哭哭，如同对被判定了死罪的亲友一样。你要我抱你到车站里去，多多益善地要买香蕉，满满地擒了两手回来，回到门口时你已经熟睡在我的肩上，手里的香蕉不知落在哪里去了。这是何等可佩服的真率、自然与热情！大人间的所谓“沉默”“含蓄”“深刻”的美德，比起你来，全是不自然的、病的、伪的！

你们每天做火车、做汽车、办酒、请菩萨、堆六面画、唱歌，全是自动的，创造创作的生活。大人们的呼号“归自然！”“生活的艺术化！”“劳动的艺术化！”在你们面前真是出丑得很了！依样画几笔画、写几篇文的人称为艺术家、创作家，对你们更要愧死！

你们的创作力，比大人真是强盛得多哩：瞻瞻！你的身体不及椅子的一半，却常常要搬动它，与它一同翻倒在地上；你又要把一杯茶横转来藏在抽斗里，要皮球停在壁上，要拉住火车的尾巴，要月亮出来，要天停止下雨。在这等小小的事件中，明明表示着你们的弱小的体力与智力不足以应付强盛的创作欲、表现欲的驱使，因而遭逢失败。然而你们是不受大自然的支配，不受人类社会的束缚的创造者，所以你的遭逢失败，例如火车尾巴拉不住，月亮呼不出来的时候，你们决不承认是事实的不可能，总以为是爹爹妈妈不肯帮你们办到，同不许你们弄自鸣钟同例，所以愤愤地哭了，你们的世界何等广大！

你们一定想：终天无聊地伏在案上弄笔的爸爸，终天闷闷地坐在窗下弄引线的妈妈，是何等无气性的奇怪的动物！你们所视为奇怪动物的我与你们的母亲，有时确实难为了你们，摧残了你们，回想起来，真是不安心得很！

阿宝！有一晚你拿软软的新鞋子，和自己脚上脱下来的鞋子，给凳子的脚穿了，划袜立在地上，得意地叫"阿宝两只脚，凳子四只脚"的时候，你母亲喊着"龌龊了袜子！"立刻擒你到藤榻上，动手毁坏你的创作。当你蹲在榻上注视你母亲动手毁坏的时候，你的小心里一定感到"母亲这种人，何等杀风景而野蛮"吧！

瞻瞻！有一天开明书店送了几册新出版的毛边的《音乐入门》来。我用小刀把书页一张一张地裁开来，你侧着头，站在桌边默默地看。后来我从学校回来，你已经在我的书架上拿了一本连史纸印的中国装的《楚辞》，把它裁破了十几页，得意地对我说："爸爸！瞻瞻也会裁了！"瞻瞻！这在你原是何等成功的欢喜，何等得意的作品！却被我一个惊骇的"哼"字喊得你哭了。那时候你也一定抱怨"爸爸何等不明"吧！

软软！你常常要弄我的长锋羊毫，我看见了总是无情地夺脱你。现在你一定轻视我，想道："你终于要我画你的画集的封面！"

最不安心的，是有时我还要拉一个你们所最怕的陆露沙医生来，教他用他的大手来摸你们的肚子，甚至用刀来在你们臂上割几下，还要教妈妈和漫姑擒住了你们的手脚，捏住了你们的鼻子，把很苦的水灌到你们的嘴里去。这在你们一定认为是太无人道的野蛮举动吧！

孩子们！你们果真抱怨我，我倒欢喜；到你们的抱怨变为感激的时候，我的悲哀来了！

我在世间，永没有逢到像你们这样出肺肝相示的人。世间的人群结合，永没有像你们这样的彻底的真实而纯洁。最是我到上海去干了无聊的所谓"事"回来，或者去同不相干的人们做了叫作"上课"的一种把戏回来，你们在门口或车站旁等我的时候，我心中何等惭愧又欢喜！惭愧我为什么去做这等无聊的事，欢喜我又得暂时放怀一切地加入你们的真生活的团体。

但是，你们的黄金时代有限，现实终于要暴露的。这是我经验过来的情形，也是大人们谁都经验过的情形。我眼看见儿时的伴侣中的英雄、好汉，一个个退缩、顺从、妥协、屈服起来，到像绵羊的地步。我自己也是如此。"后之视今，亦犹今之视昔"，你们不久也要走这条路呢？

我的孩子们！憧憬于你们的生活的我，痴心要为你们永远挽留这黄金时代在这册子里。然这真不过像“蜘蛛网落花”，略微保留一点春的痕迹而已。且到你们懂得我这片心情的时候，你们早已不是这样的人，我的画在世间已无可印证了！这是何等可悲哀的事啊！

第四章

提醒幸福

寻常茶话

汪曾祺

我对茶实在是个外行。茶是喝的，而且喝得很勤，一天换三次叶子。每天起来第一件事，便是坐水，沏茶。但是毫不讲究。对茶叶不挑剔。青茶、绿茶、花茶、红茶、沱茶、乌龙茶，但有便喝。茶叶多是别人送的，喝完了一筒，再开一筒，喝完了碧螺春，第二天就可以喝蟹爪水仙。但是不论什么茶，总得是好一点的。太次的茶叶，便只好留着煮茶叶蛋。《北京人》里的江泰认为喝茶只是"止渴生津利小便"，我以为还有一种功能，是：提神。《陶庵梦忆》记闵老子茶，说得神乎其神。我则有点像董日铸，以为"浓、热、满三字尽茶理"。我不喜欢喝太烫的茶，沏茶也不爱满杯。我的家乡论为客人斟茶斟酒"酒要满，茶要浅"，茶斟得太满是对客人不敬，甚至是骂人。于是就只剩下一个字：浓。我喝茶是喝得很酽的。曾在机关开会，有女同志尝了我的一口茶，说是"跟药一样"。因此，写不出关于茶的文章。要写，也只是些平平常常的话。

我读小学五年级那年暑假，我的祖父不知怎么忽然高了兴，要教我读书。“穿堂”的左侧有两间空屋。里间是佛堂，挂了一幅丁云鹏画的佛像，佛的袈裟是朱红的。佛像下，是一尊乌斯藏铜佛。我的祖母每天早晚来烧一炷香。外间本是个贮藏室，房梁上挂着干菜，干的粽叶。靠墙有一缸“臭卤”，面筋、百叶、笋头、苋菜秸都放在里面臭。临窗设一方桌，便是我的书桌。祖父每天早晨来讲《论语》一章，剩下的时间由我自己写大小字各一张。大字写《圭峰碑》，小字写《闲邪公家传》，都是祖父从他的藏帖里拿来给我的。隔日作文一篇。还不是正式的八股，是一种叫作“义”的文体，只是解释《论语》的内容。题目是祖父出的。我共作了多少篇“义”，已经不记得了。只记得有一题是“孟子反不伐义”。

祖父生活俭省，喝茶却颇考究。他是喝龙井的，泡在一个深栗色的扁肚子的宜兴砂壶里，用一个细瓷小杯倒出来喝。他喝茶喝得很酽，一次要放多半壶茶叶。喝得很慢，喝一口，还得回味一下。

他看看我的字，我的“义”，有时会另拿一个杯子，让我喝一杯他的茶。真香。从此，我知道龙井好喝，我的喝茶浓酽，跟小时候的熏陶也有点关系。

后来我到了外面，有时喝到龙井茶，会想起我的祖父，想起孟子反。

我的家乡有“喝早茶”的习惯，或者叫作“上茶馆”。上茶馆其实是吃点心、包子、蒸饺、烧卖、千层糕……茶自然是要喝的。在点心未端来之前，先上一碗干丝。我们那里原先没有煮干丝，只有烫干丝。干丝在一个敞口的碗里堆成塔状，临吃，堂倌把装在一个茶杯里的作料——酱油、醋、麻油浇入。喝热茶、吃干丝，一绝！

抗日战争时期，我在昆明住了七年，几乎天天泡在茶馆。“泡茶馆”是西南联大学生特有的说法。本地人叫作“坐茶馆”，“坐”，本有消磨时间的意思，“泡”则更胜一筹。这是从北京带过去的一个字，“泡”者，长时间地沉溺其中也，与“穷泡”“泡蘑菇”的“泡”是同一语源。联大学生在茶馆里往往一泡就是半天。干什么的都有。聊天、看书、写文章。有一位教授在茶馆是读梵文。有一位研究生，可称泡茶馆的冠军。此人姓陆，是一怪人。他曾经徒步旅行了半个中国，读书甚多，而无所著述，不爱说话。他简直是“长”在茶馆里。上午、下午、晚上，要一杯茶，独自坐着看书。他连漱洗用具都放在一家茶馆里，一起来就到茶馆里洗脸刷牙。听说他后来流落在四川，穷困潦倒而死，悲夫！

昆明茶馆里卖的都是青茶，茶叶不分等次，泡在盖碗里。文林街后来开了家“摩登”茶馆，用玻璃杯卖绿茶、红茶——滇红、滇绿。滇绿色如生青豆，滇红色似“中国红”葡萄酒，茶叶都很厚。滇红尤其经泡，三开之后，还有茶色。我觉得滇红比祁（门）红、英（德）红都好，这也许是我的偏见。当然比斯里兰卡的“利普顿”要差一些——有人喝不来

"利普顿"，说是味道很怪。人之好恶，不能勉强。我在昆明喝过大烤茶。把茶叶放在粗陶的烤茶罐里，放在炭火上烤得半焦，倾入滚水，茶香扑人。几年前在大理街头看到有烤茶缸卖，犹豫一下，没有买。买了，放在煤气灶上烤，也不会有那样的味道。

一九四六年冬，开明书店在绿杨村请客。饭后，我们到巴金先生家喝功夫茶。几个人围着浅黄色的老式圆桌，看陈蕴珍（萧珊）"表演"：濯器、炽炭、注水、淋壶、筛茶。每人喝了三小杯。我第一次喝功夫茶，印象深刻。这茶太酽了，只能喝三小杯。在座的除巴先生夫妇，有靳以、黄裳。一转眼，四十三年了。靳以、萧珊都不在了。巴老衰病，大概没有喝一次功夫茶的兴致了。那套紫砂茶具大概也不在了。

我在杭州喝过一杯好茶。

一九四七年春，我和几个在一个中学教书的同事到杭州去玩。除了"西湖景"，使我难忘的有两样方物。一是醋鱼带把。所谓"带把"，是把活草鱼的脊肉剔下来，快刀切为薄片，其薄如纸，浇上好秋油，生吃。鱼肉发甜，鲜脆无比。我想这就是中国古代的"切脍"。一是在虎跑喝的一杯龙井。真正的狮峰龙井雨前新芽，每蕾皆一旗一枪，泡在玻璃杯里，茶叶皆直立不倒，载浮载沉，茶色颇淡，但入口香浓，直透肺腑，真是好茶！只是太贵了。一杯茶，一块大洋，比吃一顿饭还贵。狮峰茶名不虚传，但不得虎跑水不可能有这样的味道。我自此才知道，喝茶，水是至关重要的。

我喝过的好水有昆明的黑龙潭泉水。骑马到黑龙潭，疾驰之后，下马到茶馆里喝一杯泉水泡的茶，真是过瘾。泉就在茶馆檐外地面，一个正方的小池子，看得见泉水咕嘟咕嘟往上冒。井冈山的水也很好，水清而滑。有的水是“滑”的，“温泉水滑洗凝脂”并非虚语。井冈山水洗被单，越洗越白；以泡“狗古脑”茶，色味俱发，不知道水里含了什么物质。天下第一泉、第二泉的水，我没有喝出什么道理。济南号称泉城，但泉水只能供观赏，以泡茶，不觉得有什么特点。

有些地方的水真不好。比如盐城。盐城真是“盐城”，水是咸的。中产以上人家都吃“天落水”。下雨天，在天井上方张了布幕，以接雨水，存在缸里，备烹茶用。最不好吃的水是菏泽。菏泽牡丹甲天下，因为菏泽土中含碱，牡丹喜碱性土。我们到菏泽看牡丹，牡丹极好，但茶没法喝。不论是青茶、绿茶，沏出来一会儿就变成红茶了，颜色深如酱油，入口咸涩。由菏泽往梁山，住进招待所后，第一件事便是赶紧用不带碱味的甜水沏一杯茶。

老北京早起都要喝茶，得把茶喝“通”了，这一天才舒服。无论贫富，皆如此。一九四八年，我在午门历史博物馆工作。馆里有几位看守员，岁数都很大了。他们上班后，都是先把带来的窝头片在炉盘上烤上，然后轮流用水氽坐水沏茶。茶喝足了，才到午门城楼的展览室里去坐着。他们喝的都是花茶。北京人爱喝花茶，以为只有花茶才算是茶（很多人把茉莉花叫作“茶叶花”）。我不太喜欢花茶，但好的花茶例外，比如老舍先生家的花茶。

老舍先生一天离不开茶。他到莫斯科开会，苏联人知道中国人爱喝茶，倒是特意给他预备了一个热水壶。可是，他刚沏了一杯茶，还没喝几口，一转脸，服务员就给倒了。老舍先生很愤慨地说："他不知道中国人喝茶是一天喝到晚的！"一天喝茶喝到晚，也许只有中国人如此。外国人喝茶都是论"顿"的，难怪那位服务员看到多半杯茶放在那里，以为老先生已经喝完了，不要了。

龚定庵以为碧螺春天下第一。我曾在苏州东山的"雕花楼"喝过一次新采的碧螺春。"雕花楼"原是一个华侨富商的住宅，楼是进口的硬木造的，到处都雕了花，八仙庆寿、福禄寿三星、龙、凤、牡丹……真是集恶俗之大成。但碧螺春真是好。不过茶是泡在大碗里的，我觉得这有点煞风景。后来问陆文夫，文夫说碧螺春就是讲究用大碗喝的。茶极细，器极粗，亦怪！

在湖南桃源喝过一次擂茶。茶叶、老姜、芝麻、米，加盐放在一个擂钵里，用硬木的擂棒"擂"成细末，用开水冲开，便是擂茶。我在《湘行二记》中对擂茶有较详细的叙述，为省篇幅，不再抄引。

茶可入馔，制为食品。杭州有龙井虾仁，想不恶。裘盛戎曾用龙井茶包饺子，可谓别出心裁。日本有茶粥。《俳人的食物》说俳人小聚，食物极简单，但"唯茶粥一品，万不可少"。茶粥是啥样的呢？我曾用粗茶叶煎汁，加大米熬粥，自以为这便是“茶粥”了。有一阵子，我每天早起喝我所发明的茶粥，自以为很好喝。四川的樟茶鸭子乃以柏树枝、樟树叶及茶叶为熏料，吃起来有茶香而无茶味。曾吃过一块龙井茶心的巧克力，这简直是恶作剧！用上海人的话说：巧克力与龙井茶实在完全“弗搭界”。

谈酒

周作人

这个年头儿，喝酒倒是很有意思的。我虽是京兆人，却生长在东南的海边，是出产酒的有名地方。我的舅父和姑父家里时常做几缸自用的酒，但我终于不知道酒是怎么做法，只觉得所用的大约是糯米，因为儿歌里说“老酒糯米做，吃得变 nionio”——末一字是本地叫猪的俗语。做酒的方法与器具似乎都很简单，只有煮的时候的手法极不容易，非有经验的工人不办，平常做酒的人家大抵聘请一个人来，俗称“酒头工”，以自己不能喝酒者为最上，叫他专管鉴定煮酒的时节。有一个远房亲戚，我们叫他“七斤公公”——他是我舅父的族叔，但是在他家里做短工，所以舅母只叫他作“七斤老”，有时也听见她叫“老七斤”，是这样的酒头工，每年去帮人家做酒；他喜吸旱烟，说玩话，打麻将，但是不大喝酒（海边的人喝一两碗是不算能喝，照市价计算也不值十文钱的酒），所以生意很好，时常跑一二百里路被招到诸暨嵊县去。

据他说这实在并不难，只须走到缸边屈着身听，听见里边起泡的声音切切察察的，好像是螃蟹吐沫（儿童称为蟹煮饭）的样子，便拿来煮就得了；早一点酒还成，迟一点就变酸了。但是怎么是恰好的时期，别人仍不能知道，只有听熟的耳朵才能够断定，正如古董家的眼睛辨别古物一样。

大人家饮酒多用酒盅，以表示其斯文，实在是不对的。正当的喝法是用一种酒碗，浅而大，底有高足，可以说是古已有之的香槟杯。平常起码总是两碗，合一“串筒”，价值似是六文一碗。串筒略如倒写的凸字，上下部如一与三之比，以洋铁为之，无盖无嘴，可倒而不可筛，据好酒家说酒以倒为正宗，筛出来的不大好吃。唯酒保好于量酒之前先“荡”（置水于器内，摇荡而洗涤之谓）串筒，荡后往往将清水之一部分留在筒内，客嫌酒淡，常起争执，故喝酒老手必先戒堂倌以勿荡串筒，并监视其量好放在温酒架上。能饮者多索竹叶青，通称曰“本色”，“元红”系状元红之略，则着色者，唯外行人喜饮之。在外省有所谓花雕者，唯本地酒店中却没有这样东西。相传昔时人家生女，则酿酒贮花雕（一种有花纹的酒坛）中，至女儿出嫁时用以饷客，但此风今已不存，嫁女时偶用花雕，也只临时买元红充数，饮者不以为珍品。有些喝酒的人预备家酿，却有极好的，每年做醇酒若干坛，按次第埋园中，二十年后掘取，即每岁皆得饮二十年陈的老酒了。此种陈酒例不发售，故无处可买，我只有一回在旧日业师家里喝过这样好酒，至今还不曾忘记。

我既是酒乡的一个土著，又这样的喜欢谈酒，好像一定是个与“三酉”结不解缘的酒徒了。其实却大不然。我的父亲是很能喝酒的，我不知道他可以喝多少，只记得他每晚用花生米水果等下酒，且喝且谈天，至少要花费两点钟，恐怕所喝的酒一定很不少了。但我却是不肖，不，或者可以说有志未逮，因为我很喜欢喝酒而不会喝，所以每逢酒宴我总是第一个醉与脸红的。自从辛酉患病后，医生叫我喝酒以代药饵，定量是白兰地每回二十格阑姆，葡萄酒与老酒等倍之，六年以后酒量一点没有进步，到现在只要喝下一百格阑姆的花雕，便立刻变成关夫子了。（以前大家笑谈称作“赤化”，此刻自然应当谨慎，虽然是说笑话。）有些有不醉之量的，愈饮愈是脸白的朋友，我觉得非常可以欣羡，只可惜他们愈能喝酒便愈不肯喝酒，好像是美人之不肯显示她的颜色，这实在是太不应该了。

黄酒比较便宜一点，所以觉得时常可以买喝，其实别的酒也未尝不好。白干于我未免过凶一点，我喝了常怕口腔内要起泡，山西的汾酒与北京的莲花白虽然可喝少许，也总觉得不很和善。日本的清酒我颇喜欢，只是仿佛新酒模样，味道不很静定。葡萄酒与橙皮酒都很可口，但我以为最好的还是白兰地。我觉得西洋人不很能够了解茶的趣味，至于酒则很有功夫，决不下于中国。天天喝洋酒当然是一个大的漏卮，正如吸烟卷一般，但不必一定进国货党，咬定牙根要抽净丝，随便喝一点什么酒其实都是无所不可的，至少是我个人这样想。

喝酒的趣味在什么地方？这个我恐怕有点说不明白。有人说，酒的乐趣是在醉后的陶然的境界，但我不很了解这个境界是怎样的，因为我自饮酒以来似乎不大陶然过，不知怎的我的醉大抵都只是生理的，而不是精神的陶醉。所以照我说来，酒的趣味只是在饮的时候，我想悦乐大抵在做的这一刹那，倘若说是陶然那也当是杯在口的一刻吧。醉了，困倦了，或者应当休息一会儿，也是很安舒的，却未必能说酒的真趣是在此间。昏迷，梦魇，呓语，或是忘却现世忧患之一法门；其实这也是有限的，倒还不如把宇宙性命都投在一口美酒里的耽溺之力还要强大。我喝着酒，一面也怀着“杞天之虑”，生恐强硬的礼教反动之后将引起颓废的风气，结果是借醇酒妇人以避礼教的迫害，沙宁（Sanin）时代的出现不是不可能的。但是，或者在中国什么运动都未必彻底成功，青年的反拨力也未必怎么强盛，那么杞天终于只是杞天，仍旧能够让我们喝一口非耽溺的酒也未可知。倘若如此，那时喝酒又一定另外觉得很有意思了吧？

1926年6月20日于北京

说绿茶

张抗抗

绿茶原本清淡，越是好的绿茶，三道清水流过，杯里的茶水已是“六宫粉黛无颜色”，只留下碧绿的叶片，犹如池底青草，若无其事地在水中悠然荡漾。故而有北方来客，假若端上一杯绿茶，客人猛喝一口咕咚咽下，话噎在嗓中，那表情是写在脸上的：这茶，没味儿！还有另一种表情：这茶，好苦！

绿茶在北方，一向有点不受待见。北人口重，喜食味浓色香之物；北地天寒，偏爱滚烫热烈之饮；北方地冻，养不了这青翠娇嫩的茶树。所以北方人多一半是喝花茶的，茉莉香片，大众又经济的饮品，老少咸宜的，滚烫的水冲下去，经得起沏泡，不怕变色。茶色深浓醇厚，给人沉稳的依赖感；深褐色浅褐色的水面上，偶尔漂起一朵半朵白色的茉莉花，有点俏皮的样子；一掀壶盖，香气四溢，掩都掩不住，其实不是茶香，是茉莉香。在隆冬的冷风中，飘来夏的茉莉味儿，虽有些俗艳，毕竟是亲切而温暖的。

北方人沏茶，多将茶叶置于茶壶之中，沏好之后，再一杯杯分别倒在小杯子里，（就像斟酒）分而饮之。那茶叶可反复沏泡，可谓经久耐用。茶叶始终沉于壶中，比较隐蔽，不大看得见好坏。不像南方人泡茶，必定是一杯一撮茶叶，一人独占一杯。常常是来客只嘬了一口，人刚走茶未凉，整杯茶就连着茶叶一并倒掉了。在北方人看来，如此沏茶实在是太奢侈也太浪费了。而在南方人看来，北方人那样泡茶，也真是小气得过分。

一次，有一位很久不见的好友来家看我，我特为其沏泡绿茶一杯，以示隆重接待。他第二天有气无力给我打电话说："昨天你给我喝的啥玩意儿，害我一宿没睡着觉。"这才想起自己忘了来客是东北人，他当时一定是碍于情面，才将那杯绿茶勉强喝下的。

然而我在北方多年，除非万般无奈（极渴），仍是坚决拒喝花茶的。说起来祖籍广东，本应喜喝乌龙一类红茶，却是无福消受欣赏不了——在这点上，我与那位东北友人有异曲同工之疾：喝一口红茶，害我一宿睡不着觉。

在北方，至今我仍只喝绿茶。

绿茶自然首选家乡杭州的西湖龙井（千万别是假冒伪劣产品）。绿茶那种含而不露的品性，如一来自庭院深深的妙龄少女，衣料与皮肤都如丝绸般爽滑细润，回眸一笑，轻盈无声，言语洒落池塘中，韵味留在清风里；可闻香而不见粉黛，可意会而不可言传。茶色碧绿，似玉液琼浆，养眼养心，令人不忍品尝。轻啜慢啧，舌上粒粒绿珠滚动，初始略有一丝苦涩，继而满口清香；茶未凉，嘴里已是甜丝丝清凉凉，满腹欲说还休的惬意与顺畅。

绿茶之妙，妙在清淡。

清淡中悄然渗出含蓄的魅力，从不张扬的那种自信，如江南人的勤勉与聪慧。

我对龙井的偏爱也许源自少年时代。杭一中的初一年级那个春天，曾全班集体去梅家坞采茶半个月。湿漉漉的青山绿水，漫山遍野都是绿油油的茶园。无数娇嫩的叶芽，从蓬勃的茶树上一片片翘首探头，用一双双小手轻轻采摘下来，小心地置于竹篓中，拇指与食指都被茶叶染得绿了。细雨蒙蒙中采茶归来，全身的衣裤都沾着茶叶的香气。至今记得，下山收工过秤时，我一个上午采摘的茶叶，共计二两之多。若是等到烘干炒毕，大概只够泡上几杯茶吧。可见春茶之矜贵。那半月采茶劳动结束后回到城里，晚上睡觉时眼前仍是无边的绿色，满山满眼的茶叶，在脑中如大海的波涛起伏，眩晕几日不止。还有一次全班到郊外春游，路遇茶农忙于采茶，大家一时兴起，放弃春游跃入茶园去帮茶农采茶，后来写过一篇作文《采茶》，记述的就是这天的心情。

能不思绿茶？

如今杭州城里茶楼林立，茶馆兴盛，多半是将喝茶作为社交聚会的场所。如“青藤”三层大茶楼日日夜夜座无虚席，小吃点心干果水果一应俱全，喝茶喝得轰轰烈烈，情景颇为壮观。要论茶屋的文化品位，字画古董，环境古雅幽静，当数西湖大道别具风格的“和茶馆”。若是去龙井、虎跑的茶室，喝茶为的是泉水；若是选择湖滨的“湖畔居”，为的是湖光山色；“湖畔居”的位置，至今杭州所有茶楼难以替代——那时刻茶客犹如漂于船上，整个西湖都在窗外荡漾，碧波粼粼，恍惚间竟觉得杯中的绿茶，只是从一湖清水中随意舀了一瓢来饮。到了金秋桂花节，满觉垅、植物园，一棵桂树一张茶桌，桂林丛丛，茶桌济济，桂花的醇香与清茶随风交融，几粒金黄的桂花无声落入杯中，绿水浮金，绿绸缀金，那是桂树与茶树热恋的季节。

遗憾的是桂花节如今越来越具商业气息，水漫“金山”时，绿茶已被淹没。

近年来，我每次去杭州探家，倒是常与家人友人去龙井一带的山里，在农家庭院里喝茶农自留的好茶，不会有茶室茶座里呼朋唤友、麻将扑克的骚扰之声，确是清静又悠闲的去处。还有像孤山“一片云”等茶室，客人可自带茶叶，茶室提供开水，任由茶客随意一坐半日，独享青山，也自成一道风景。杭州人喝茶是平常而普遍的大众文化，绝非文人雅士的矫情。绿茶文化属于江南，那延绵几千年的茶汁，早已渗透在吴越后人的骨髓之中了。

这些年来，杭州周边地区，几种绿茶新品牌声名鹊起：千岛湖的雪水云绿、浙江龙井、余杭径山茶、衢州龙顶等等，都是先后品尝过的。其形其色其味其香，自是各有千秋。雪水云绿那名字何等美雅，给人诗意的想像，茶色如其名，茶质温柔细腻，很得杭州人喜爱。径山茶叶片细长、色泽略深，茶味较之其他绿茶醇浓，茶香也极其收敛沉稳，茶在杯中如莲叶托浮于水上，似有一种禅宗定力，别有一番洗心内涵。径山茶产自余杭当年香烛盛旺的寺院佛地，属珍稀之物。说到衢州龙顶、羊岩勾青、安吉白片等等后起之秀，经过历年修炼，其中的优质极品，论色香味之优雅，甚至可与西湖龙井比美，至少并不逊色的。

众多绿茶品牌之中，我还有些偏爱太湖地域的碧螺春，单是那名字就起得形神兼具，细嫩的叶片微微卷曲，如塘边池畔一只只娇小的青壳田螺，报来春的气息。掀开杯盖，一汪绿水上浮一层细细绒毛，如涟漪一般荡漾开去。但若将碧螺春茶与西湖龙井相比，前者的香气有几分张扬，带些诱惑的意思在里头；而龙井的茶香，却是清幽得不动声色。

至今还记得70年代曾去安徽黄山茶林场采访上海知青，步行几十里至深山连队，四下已是云雾缭绕苍茫如海。偶得云开雾散，只见级级梯田，层层茶园，从脚下一直升上天空，犹如一架架绿色的天梯，通往九霄云外。正是采茶时节，路边房根处处是摊开晾晒的新鲜茶叶，那两叶一芽精致标准得像是流水线上的产品，绿得发亮，嫩得叫人心疼；在我的记忆中，那些刚刚采摘下来的茶叶，就像无数扇着绿色翅膀的小蜻蜓，在山脊上等待着穿透雾气的阳光，晾晒它们被打湿的羽翼，然后成群结队地飞往各个城市的茶庄……

（本文选入时有删减）

中国人的吃

梁实秋

中国人馋，也许北平人比较起来最馋。馋，若是译成英文很难找到适当的字。译为 piggish、gluttonous、greedy 都不恰，因为这几个字令人联想起一副狼吞虎咽的饕餮相，而真正馋的人不是那个样子。中国宫廷摆出满汉全席，富足人家享用烤乳猪的时候，英国人还用手抓菜吃，后来知道用刀叉也常常是在宴会中身边自带刀叉备用，一般人怕还不知蔗糖、胡椒为何物。文化发展到相当程度，人才知道馋。

读了唐鲁孙先生的《中国吃》，一似过屠门而大嚼，使得馋人垂涎欲滴。唐先生不但知道的东西多，而且用地道的北平话来写，使北平人觉得益发亲切有味，忍不住，我也来饶舌。

现在正是吃炰烤涮的时候，事实上一过中秋炰烤涮就上市了，不过要等到天真冷下来，吃炰烤涮才够味道。东安市场的东来顺生意鼎盛，比较平民化一些，更好的地方是前门肉市的正阳楼。那是一个弯弯曲曲的陋巷，地面上经常有好深的车辙，不知现在拓宽了没有。正阳楼的雅座在路东，有两个院子，大概有十来个座儿。前院放着四个烤肉炙子，围着几条板凳。吃烤肉讲究一条腿踩在凳子上，做金鸡独立状，然后探着腰自烤自吃自酌。正阳楼出名的是螃蟹，个儿特别大，别处吃不到，因为螃蟹从天津运来，正阳楼出大价钱优先选择，所以特大号的螃蟹全在正阳楼，落不到旁人手上。买进之后要在大缸里养好几天，每天浇以鸡蛋白，所以长得个个顶盖儿肥。客人进门在二道门口儿就可以看见一大缸一大缸的无肠公子。平常一个人吃一尖一团就足够了，佐以高粱最为合适。吃螃蟹的家伙也很独到，一个小圆木盘，一只小木槌子，每客一份。如果你觉得这套家伙好，而且你又是常客，临去带走几副也无所谓，小账当然要多给一点。螃蟹吃过之后，烤肉涮肉即可开始。肉是羊肉，不像烤肉季、烤肉苑那样以牛肉为主。正阳楼的切羊肉的师傅是一把手，他用一块抹布包在一条羊肉上（不是冰箱冻肉），快刀慢切，切得飞薄。黄瓜条，三叉儿，大肥片儿，上脑儿，任听尊选。一盘没有几片，够两筷子。如果喜欢吃涮的，早点吩咐伙计升好锅子熬汤，熟客还可以要一个锅子底儿，那就是别人涮过的剩汤，格外浓。如果要吃烤的，自己到院子里去烤，再不然就教伙计代劳。正阳楼的烧饼也特别，薄薄的两层皮儿，没有瓤儿，烫手热。撕开四分之三，掰开了一股热气喷出，把肉往里一塞，又香又软又热又嫩。吃过螃蟹烤羊肉之后，要想喝点什么便感觉到很为难，因为在那鲜美的食物之后无以为继，喝什么汤也没有滋味了。有高人指点，螃蟹烤肉之后唯一压得住阵脚的是氽大甲，大甲就是螃蟹的螯，剥出来的大块螯肉在高汤里一氽，加芫荽末，加胡椒面儿，撒上回锅油炸麻花儿。只有这样的一碗汤，香而不腻。以蟹始，以蟹终，吃得服服帖帖。烤羊肉这种东西，很容易食过量，饭后备有普洱酽茶帮助消化，向堂倌索取即可，否则他是不送上的。如果有人贪食过量，当场动弹不得，撑得翻白眼儿，人家还备有特效解药，那便是烧焦了的栗子，磨成灰，用水服下，包管你肚子里咕噜咕噜响，躺一会儿就没事了。雅座都有木炕可供小卧。正阳楼也卖普通炒菜，不过吃主总是专吃他的螃蟹羊肉。台湾也有所谓蒙古烤肉，铁炙子倒是蛮大的，羊肉的质料不能和口外的绵羊比，而且烤的佐料也不大对劲，什么红萝卜丝辣椒油全羼上去了。烧饼是小厚墩儿，好厚的心子，肉夹不进去。

上面说到炰烤涮，炰是什么？炰或写作爆。是用一面平底的铛放在炉子上，微火将铛烧热，用焦煤、木炭、柴均可。肉蘸了酱油香油，拌了葱姜之后，在铛上滚来滚去就熟了，这叫作铛炰羊肉，味清淡，别有风味，中秋过后什刹海路边上就有专卖铛炰羊肉的摊子。在家里用烙饼的小铛也可以对付。至于普通馆子的炰羊肉，大火旺油加葱爆炒，那就是另外一码子事了。

东兴楼是数一数二的大馆子，做的是山东菜。山东菜大致分为两帮，一是烟台帮，一是济南帮，菜数作风不同。丰泽园、明湖春等比较后起，属于济南帮。东兴楼属于烟台帮。初到东兴楼的人没有不诧异的，其房屋之高，高得不成比例，原来他们是预备建楼的，所以木料都有相当的长度，后来因为地址在东华门大街，有人挑剔说离皇城根儿太近，有借以窥探宫内之嫌，不许建楼，所以为了将就木材，房屋的间架特高。别看东兴楼是大馆子，他们保存旧式作风，厨房临街，以木栅做窗，为的是便利一般的“口儿厨子”站在外面学两手儿。有手艺的人不怕人学，因为很难学到家。客人一掀布帘进去，柜台前面一排人，大掌柜的，二掌柜的，执事先生，一齐点头哈腰。“二爷您来啦！”“三爷您来啦！”山东人就是不喊人做大爷，大概是因为武大郎才是大爷之故。一声“看座”，里面的伙计立刻应声。二门有个影壁，前面大木槽养着十条八条的活鱼。北平不是吃海鲜的地方，大馆子总是经常备有活鱼。东兴楼的菜以精致著名，调货好，选材精，规规矩矩。炸胗一定去里儿，爆肚儿一定去草芽子。爆肚仁有三种做法，油爆，盐爆，汤爆，各有妙处，这道菜之最可人处是在触觉上，嚼上去不软不硬不韧而脆，雪白的肚仁衬上绿的香菜梗，于色香味之外还加上触，焉得不妙？我曾一口气点了油爆、盐爆、汤爆三件，真乃下酒的上品。芙蓉鸡片也是拿手，片薄而大，衬上三五根豌豆苗，盘子里不汪着油。烩乌鱼钱带割雏儿也是著名的。乌鱼钱又名乌鱼蛋，蛋字犯忌，故改为钱，实际是鱼的卵巢。割雏儿是山东话，鸡血的代名词，我问过许多山东朋友，都不知道这两个字如何写法，只是读如割雏儿。锅烧鸡也是一绝，油炸整只仔鸡，堂倌拿到门外廊下手撕之，然后浇以烩鸡杂一小碗。就是普通的肉末夹烧饼，东兴楼的也与众不同，肉末特别精特别细，肉末是切的，不是斩的，更不是机器轧的。拌鸭掌到处都有，东兴楼的不夹带半根骨头，垫底的黑木耳适可而止。糟鸭片没有第二家能比，上好的糟，糟得彻底。民国十五年（一九二六年）夏，一批朋友从外国游学归来，时昭瀛意气风发要大请客，指定东兴楼，要我做提调，那时候十二元一席就可以了，我订的是三十元一桌，内容丰美自不消说，尤妙的是东兴楼自动把埋在地下十几年的陈酿花雕起了出来，羼上新酒，芬芳扑鼻，这一餐吃得杯盘狼藉，皆大欢喜。只是，风流云散，故人多已成鬼，盛筵难再了。东兴楼在抗战期间在日军高压之下停业，后来在帅府园易主重张，胜利后曾往尝试，则已面目全非，当年手艺不可再见。

致美楼，在煤市街，路西的是雅座，称致美斋，厨房在路东，斜对面。也是属于烟台一系，菜式比东兴楼稍粗一些，价亦稍廉，楼上堂倌有一位初仁义，满口烟台话，一团和气。咸白菜酱萝卜之类的小菜，向例是伙计们准备，与柜上无涉，其中有一色是酱豆腐汁拌嫩豆腐，洒上一勺麻油，特别好吃。我每次去初仁义先生总是给我一大碗拌豆腐，不是一小碟。后来初仁义升做掌柜的了。我最欢喜的吃法是要两个清油饼（即面条盘成饼状下锅油煎），再要一小碗烩两鸡丝或烩虾仁，往饼上一浇。我给起了个名字，叫过桥饼。致美斋的煎馄饨是别处没有的，馄饨油炸，然后上屉一蒸，非常别致。沙锅鱼翅炖得很烂，不大不小的一锅足够三五个人吃，虽然用的是翅根儿，不能和黄鱼尾比，可是几个人小聚，得此亦是最好不过的下饭的菜了。还有芝麻酱拌海参丝，加蒜泥，冰得凉凉的，在夏天比什么冷荤都强，至少比里脊丝拉皮儿要高明得多。到了快过年的时候，致美斋特制萝卜丝饼和火腿月饼，与众不同，主要的是用以馈赠长年主顾，人情味十足。初仁义每次回家，都带新鲜的烟台苹果送给我，有一回还带了几个莱阳梨。

厚德福饭庄原先是个烟馆，附带着卖一些馄饨点心之类供烟客消夜。后来到了袁氏当国，河南人大走红运，厚德福才改为饭馆。老掌柜的陈莲堂是河南人，高高大大的，留着山羊胡子，满口河南土音，在烹调上确有一手。当年河南开封是办理河工的主要据点，河工是肥缺，连带着地方也富庶起来，饭馆业跟着发达，这就和扬州为盐商汇集的地方所以饮宴一道也很发达完全一样。袁氏当国以后，河南菜才在北平插进一脚，以前全是山东人的天下。厚德福地方太小，在大栅栏一条陋巷的巷底，小小的招牌，看起来不起眼，有人连找都不易找到。楼上楼下只有四个小小的房间，外加几个散座。可是名气不小，吃客没有不知道厚德福的。最尴尬的是那楼梯，直上直下的，坡度极高，各层相隔甚巨。厚德福的拿手菜，大家都知道，包括瓦块鱼，其所以做得出色主要是因为鱼新鲜肥大，只取其中段，不惜工本，成绩怎能不好？勾汁儿也有研究，要浓稀甜咸合度。吃剩下的汁儿焙面，那是骗人的，根本不是面，是刨番薯丝，要不然炸出来怎能那么酥脆？另一道名菜是铁锅蛋，说穿了也就是南京人所谓涨蛋，不过厚德福的铁锅更能保温，端上桌还久久地嗞嗞响。我的朋友赵太侔曾建议在蛋里加上一些美国的cheese碎末，试验之后风味绝佳，不过不喜欢cheese的人说不定会“气死”！炒鱿鱼卷也是他们的拿手，好在发得透，切得细，旺油爆炒。核桃腰也是异曲同工的菜，与一般炸腰花不同之处是他的刀法好，火候对，吃起来有咬核桃的风味。后有人仿效，真个的把核桃仁加进腰花一起炒，那真是不对意思了。最值一提的是生炒鳝鱼丝。鳝鱼味美，可是山东馆不卖这一道菜，谁要是到东兴楼致美斋去点鳝鱼，那简直是开玩笑。淮扬馆子做的软儿或是烩虎尾也很好吃，但风味不及生炒鳝鱼丝，因为生炒才显得脆嫩。在台湾吃不到这个菜。华西街有一家海鲜店写着生炒鳝鱼四个大字，尚未尝试过，不知究竟如何。厚德福还有一味风干鸡，到了冬天一进门就可以看见房檐下挂着一排鸡去了脏腑，留着羽毛，填进香料和盐，要挂很久，到了开春即可取食。风鸡下酒最好，异于薰鸡卤鸡烧鸡白切油鸡。

厚德福之生意突然猛晋是由于民初先农坛城南游艺园开放。陈掌柜托警察厅的朋友帮忙抢先弄到营业执照，匾额就是警察厅擅写魏碑的那一位刘勃安先生的手笔（北平大街小巷的路牌都是出自他手）。平素陈掌柜培养了一批徒弟，各有专长，例如梁西臣善使旺油，最受他的器重。他的长子陈景裕一直跟着父亲做生意。营利所得，同伙各半，因此柜上、灶上、堂口上，融洽合作。城南游艺园风光了一阵子，因楼塌砸死了人而歇业，厚德福分号也只好跟着关门。其充足的人力、财力无处发泄，老店地势局促不能扩展，而且他们笃信风水，绝对不肯迁移。于是乎厚德福向国内各处展开，沈阳、长春、黑龙江、西安、青岛、上海、香港、昆明、重庆、北碚等处分号次第成立，现在情形如何就不知道了。厚德福分号既多，人手渐不敷用，同时菜式也变了质，不复能维持原有作风。例如，各地厚德福以北平烤鸭著名，那就是难以令人逆料的事。

说起烤鸭，也有一段历史。

北平不叫烤鸭，叫烧鸭子。因为不是喂养长大的，是填肥的，所以有填鸭之称。填鸭的把式都是通州人，因为通州是运河北端起点，富有水利，宜于放鸭。这种鸭子羽毛洁白，非常可爱，与野鸭迥异。鸭子到了适龄的时候，便要开始填。把式坐在凳子上，把只鸭子放在大腿中间一夹，一只手掰开鸭子的嘴，一只手拿一根比香肠粗而长的预先搓好的饲料硬往嘴里塞，塞进嘴之后顺着鸭脖子往下捋，然后再一根下去，再一根下去……填得鸭子摇摇晃晃。这时候把鸭子往一间小屋里一丢，小屋里拥挤不堪，绝无周旋余地，想散步是万不可能。这样填个十天半个月，鸭子还不蹲膘？

吊炉烧鸭是由酱肘子铺发卖，以从前的老便宜坊为最出名，之后金鱼胡同西口的宝华春也还不错。饭馆子没有自己烤鸭子的，除了全聚德以专卖鸭全席之外。厚德福不卖烧鸭，只有分号才卖，起因是柜上有一位张诗舫先生，精明能干，好多处分号成立都是他去打头阵，他是通州人，填鸭是内行，所以就试行发卖北平烤鸭了。我在北碚的时候，他去筹设分号，最初试行填鸭，填死了三分之一，因为鸭种不对，禁不住填，后来减轻填量才获相当的成功。吊炉烧鸭不能比叉烧烤鸭，吊炉烧鸭因为是填鸭，油厚，片的时候是连皮带油带肉一起片。叉烧烤鸭一般不用填鸭，只拣稍微肥大一点的就行了，预先挂起晾干，烤起来皮和肉容易分离，中间根本没有黄油，有些饭馆干脆把皮揭下盛满一大盘子上桌，随后再上一盘子瘦肉。那焦脆的皮固然也很好吃，然而不是吊炉烧鸭的本来面目。现在台湾的烤鸭，都不是填鸭，有那份手艺的人不容易找。至于广式的烧鸭以及电烤鸭，那都是另一个路数了。

在福全馆吃烧鸭最方便，因为有个酱肘子铺就在右手不远，可以喊他送一只过来，鸭架装打卤，斜对面灶温叫几碗一窝丝，实在最为理想。宝华春楼上也可以吃烧鸭，现烧现片，烫手热，附带着供应薄饼葱酱盒子菜，丰富极了。

在《中国吃》这本书里，唐先生提起锡拉胡同玉华台的汤包，那的确是一绝。

玉华台是扬州馆，在北平算是后起的，好像是继春华楼而起的第一家扬州馆，此后如八面槽的淮扬春以及许多什么什么春的也都跟着出现了。玉华台的大师傅是从东堂子胡同杨家（杨世骧）出来的，手艺高超。我在北平的时候，北大外文系女生杨毓恂小姐毕业时请外文系教授们吃玉华台，胡适之先生也在座，若不是胡先生即席考证我还不知杨小姐就是东堂子胡同杨家的千金。老东家的小姐出面请客，一切伺候那还错得了？最拿手的汤包当然也格外加工加细。从笼里取出，需用手捏住包子的褶儿，猛然提取，若是一犹疑就怕要皮破汤流不堪设想。其实这玩意儿是吃个新鲜劲儿。谁吃包子尽吮汤呀？而且那汤原是大量肉皮冻为主，无论加什么材料进去，味道都不会十分鲜美。包子皮是烫面做的，微有韧性，否则包不住汤。我平常在玉华台吃饭，最欣赏它的水晶虾饼，厚厚的扁圆形的摆满一大盘，洁白无瑕，几乎是透明的，入口软脆而松。做这道菜的诀窍是用上好白虾，羼进适量的切碎的肥肉，若完全是虾既不能脆更不能透明，入温油徐徐炸之，不要焦，焦了就不好看。不说穿了，谁也不知道里头有肥肉，怕吃肥肉的人最好少下箸为妙。一般馆子的炸虾球也差不多是一个做法，可能羼了少许芡粉，也可能不完全是白虾。玉华台还有一道核桃酪也做得好，当然根本不是酪，是磨米成末，拧汁过滤（这一道手续很重要，不过滤则渣粗），然后加入红枣泥（去皮）使微呈紫红色，再加入干核桃磨成的粉，取其香。这一道甜汤比什么白木耳莲子羹或罐头水果充数的汤要强得多。在家里也可以做，泡好白米捣碎取汁，和做杏仁茶的道理一样。自己做的核桃酪我发觉比馆子里大量出品的还要精细可口些。

北平的吃食，怎么说也说不完。唐鲁孙先生见多识广，实在令人佩服。我虽然也是北平生长大的，但接触到的生活面很窄。有一回齐如山老先生问我吃过哈达门外的豆腐脑没有，我说没有，他便约了几个人（好像陈纪滢先生在内）到哈达门外路西一个胡同里，那里有好几家专卖豆腐脑的店，碗大卤鲜豆腐嫩，比东安市场的高明得多。这虽然是小吃，没人指引也就不得其门而入。又例如灌肠是我最喜爱的食物，煎得焦焦的，那油不是普通的油，是卖“熏鱼儿的”作坊所撇出来的油，有说不出的味道。所谓卖“熏鱼儿”的，当初是有小条的熏鱼卖，后来熏鱼就不见了，只有猪头肉、肠子、肝脑、猪心等等。小贩背着木箱串胡同，口里吆喝着：“面筋哟！”其实卖的是猪头肉等，面筋早已不见了，而你喊他过来的时候却要喊：“卖熏鱼儿的！”这真是一怪。有人告诉我要吃真正的灌肠需要到后门外桥头儿上那一家去，那才是真正的灌肠，又粗又壮的肠子就和别处不同，而且是用真正的猪肠。这一说明把我吓退，猪肠太肥，至今不曾去尝试过，可是有人说那味道确实不同。小吃还有这么多讲究，饭馆子饭庄子里面的学问当然更大了去了。我写此短文，不是为唐先生的大文做补充，要补充我也补充不了多少，我只是读了唐先生的书，心里一痛快，信口开河，凑个趣儿。

（本文选入时标题有改动）

玩具

史铁生

我有生的第一个玩具是一只红色的小汽车，不足一拃长，铁皮轧制的外壳非常简单，有几个窗但是没有门，从窗间望见一个惯性轮，把后车轮在地上摩擦便能“嗷嗷——”地跑。我现在还听得见它的声音。我不记得它最终是怎样离开我的了，有时候我设想它现在在哪儿，或者它现在变成了什么，存在于何处。

但是我记得它是怎样来的。那天可谓双喜临门，母亲要带我去北海玩，并且说舅舅要给我买那样一只小汽车。母亲给我扣领口上的纽扣时，我记得心里充满庄严；在那之前和在那之后很久，我不知道世上还有比那小汽车更美妙更奢侈的玩具。到了北海门前，东张西望并不见舅舅的影。我提醒母亲：“舅舅是不是真的要给我买个小汽车？”母亲说：“好吧，你站在这儿等着，别动，我一会儿就回来。”母亲就走进旁边的一排老屋。我站在离那排老屋几米远的地方张望，可能就从这时，那排老屋绿色的门窗、红色的梁柱和很高很高的青灰色台阶，走进了我永不磨灭的记忆。独自站了一会儿我忽然醒悟，那是一家商店，可能舅舅早已经在里面给我买小汽车呢，我便走过去，爬上很高很高的台阶。屋里人很多，到处都是腿，我试图从拥挤的腿之间钻过去靠近柜台，但每一次都失败，刚望见柜台就又被那些腿挤开。那些腿基本上是蓝色的，不长眼睛。我在那些蓝色的旋涡里碰来转去，终于眼前一亮，却发现又站在商店门外了。不见舅舅也不见母亲，我想我还是站到原来的地方去吧，就又爬下很高很高的台阶，远远地望那绿色的门窗和红色的梁柱。一眨眼，母亲不知从哪儿来了，手里托着那只小汽车。我便有生第一次摸到了它，才看清它有几个像模像样的窗但是没有门——对此我一点都没失望，只是有过一秒钟的怀疑和随后好几年的设想，设想它应该有怎样一个门才好。我是一个容易惭愧的孩子，抱着那只小汽车觉得不应该只是欢喜。我问："舅舅呢，他怎么还不出来？"母亲愣一下，随我的目光向那商店高高的台阶上张望，然后笑了说："不，舅舅没来。""不是舅舅给我买吗？""是，舅舅给你买的。""可他没来呀？""他给我钱，让我给你买。"这下我听懂了，我说："是舅舅给的钱，是您给我买的对吗？""对。""那您为什么说是舅舅给我买的呢？""舅舅给的钱，就是舅舅给你买的。"我又糊涂了："可他没来他怎么买呢？"那天在北海的大部分时间，母亲都在给我解释为什么这只小汽车是舅舅给我买的。我听不懂，无论母亲怎样解释我绝不能理解。甚至在以后的好几年中我依然冥顽不化固执己见，每逢有人问到那只小汽车的来历，我坚持说："我妈给我买的。"或者再补充一句："舅舅给的钱，我妈进到那排屋子里去给我买的。"

对，那排屋子：绿色的门窗，红色的柱子，很高很高的青灰色台阶。我永远不会忘。惠特曼的一首诗中有这样一段："有一个孩子逐日向前走去;/ 他看见最初的东西，他就倾向那东西;/ 于是那东西就变成了他的一部分，在那一天，或在那一天的某一部分，/ 或继续了好几年，或好几年结成的伸展着的好几个时代。"正是这样，那排老屋成了我的一部分。很多年后，当母亲和那只小汽车都已离开我，当童年成为无比珍贵的回忆之时，我曾几次想再去看看那排老屋。可是非常奇怪，我找不到它。它孤零且残缺地留在我的印象里，绿色的门窗红色的梁柱和高高的台阶……但没有方位没有背景周围全是虚空。我不再找它。空间中的那排屋子可能已经拆除，多年来它只作为我的一部分存在于我的时间里。

但是有一天我忽然发现了它。事实上我很多次就从它旁边走过，只是我从没想到那可能就是它。它的台阶是那样矮，以至我从来没把它放在心上。但那天我又去北海，在它跟前偶尔停留，见一个三四岁的孩子往那台阶上爬，他吃力地爬甚至手脚并用，我猛然醒悟，这么多年我竟忘记了一个最简单的逻辑：那台阶并不随着我的长高而长高。这时我才仔细打量它。绿色的门窗，对，红色的柱子和青灰色的台阶，对，是它，理智告诉我那应该就是它。心头一热，无比的往事瞬间涌来。我定定神退后几米，相信退到了当年的位置并像当年那样张望它。但是张望越久它越陌生，眼前的它与记忆中的它相去越远。从这时起，那排屋子一分为二，成为我的两部分，大不相同甚至完全不同的两部分。那么，如果我写它，我应该按照哪一个呢？我开始想：真实是什么。设若几十年后我老态龙钟再来看它，想必它会二分为三，成为我生命的三部分。那么真实，尤其说到客观的真实，到底是指什么？

生活

叶圣陶

乡镇上有一种“来扇馆”，就是茶馆，客人来了，才把炉子里的火扇旺，炖开了水冲茶，所以得了这个名称。每天上午九、十点钟的时候“来扇馆”却名不副实了，急急忙忙扇炉子还嫌来不及应付，哪里有客来才扇那么清闲？原来这个时候，镇上称为某爷某爷的先生们睡得酣足了，醒了，从床上爬起来，一手扣着衣扣，一手托着水烟袋，就光降到“来扇馆”里，泥土地上点缀着浓黄的痰，露筋的桌子上满缀着油腻和糕饼的细屑；苍蝇时飞时止，忽集忽散，像荒野里的乌鸦；狭条板凳有的断了腿，有的裂了缝；两扇木板窗外射进一些光亮来。某爷某爷坐满了一屋子，他们觉得舒适极了，一口沸烫的茶使他们神清气爽，几管浓辣的水烟使他们精神百倍。于是一切声音开始散布开来：有的讲昨天的赌局，打出了一张什么牌，就赢了两底；有的讲自己的食谱，西瓜鸡汤下面，茶腿丁煮粥；还讲怎么做鸡肉虾仁水饺；有的讲本镇新闻，哪家女儿同某某有私情，哪家老头儿娶了个十五岁的侍妾；有的讲些异闻奇事，说鬼怪之事不可不信，不可全信。有几位不开口的，他们在那里默听，微笑，吐痰，吸烟，支颐，遐想，指头轻敲桌子，默唱三眼一板的雅曲。迷蒙的烟气弥漫一室，一切形一切声都像在云里雾里。午饭时候到了，他们慢慢地踱回家去。吃罢了饭依旧聚集在“来扇馆”里，直到晚上为止，一切和午前一样。岂止和午前一样，和昨天和前月和去年和去年的去年全都一样。他们的生活就是这样了！

城市里有一种茶社，比起“来扇馆”就像大辂之于椎轮了。有五色玻璃的窗，有仿西式的红砖砌的墙柱，有红木的桌子，有藤制的几和椅子，有白铜的水烟袋，有洁白而且洒上花露水的热的公用手巾，有江西产的茶壶茶杯。到这里来的先生们当然是非常大方，非常安闲，洪亮的语音表示上流人的声调，顾盼无禁的姿态表示绅士式的举止。他们的谈话和“来扇馆”里大不相同了。他们称他人不称“某老”就称“某翁”。报上的记载是他们谈话的资料，或表示多识，说明某事的因由，或好为推断，预测某事的转变；一个人偶然谈起了某一件事，这就是无穷的言语之藤的萌芽，由甲而及乙，由乙而及丙，一直蔓延到癸，癸和甲是绝不可能牵连在一席谈里的，然而竟牵连在一起了；看破世情的话常常可以在这里听到，他们说什么都没有意思都是假，某人干某事是“有所为而为”，某事的内幕是怎样怎样的；而赞誉某妓女称扬某厨司也占了谈话的一部分。他们或是三三两两同来，或是一个人独来；电灯亮了，坐客倦了，依旧三三两两同去，或是一个人独去。这都不足为奇，可怪的是明天来的还是这许多人；发出洪亮的语音，做出顾盼无禁的姿态还同昨天一样；称“某老”“某翁”，议论报上的记载，引长谈话之藤，说什么都没有意思都是假，赞美食色之欲，也还是重演昨天的老把戏！岂止是昨天的，也就是前月，去年，去年的去年的老把戏。他们的生活就是这样了！

上海的马路上，来来往往的，谁能计算他们的数目。车马的喧闹，屋宇的高大，相形之下，显出人们的混沌和微小。我们看蚂蚁纷纷往来，总不能相信他们是有思想的。马路上的行人和蚂蚁有什么分别呢？挺立的巡捕，挤满电车的乘客，忽然驰过的乘汽车者，急急忙忙横穿过马路的老人，徐步看玻璃窗内货品的游客，鲜衣自炫的妇女，谁不是一个蚂蚁？我们看蚂蚁个个一样，马路上的过客又哪里有各自的个性？我们倘若审视一会儿，且将不辨谁是巡捕，谁是乘客，谁是老人，谁是游客，谁是妇女，只见无数同样的没有思想的动物散布在一条大道上罢了。游戏场里的游客，谁不露一点笑容，露笑容的就是游客，正如黑而小的身体像蜂的就是蚂蚁。但是笑声里面，我们辨得出哀叹的气息；喜愉的脸庞，我们可以窥见寒噤的颦蹙。何以没有一天马路上会一个动物也没有？何以没有一天游戏场里会找不到一个笑容？他们的生活就是这样了。

我们丢开优裕阶级欺人阶级来看，有许许多多人从红绒绳编着小发辫的孩子时代直到皮色如酱须发如银的暮年，老是耕着一块地皮，眼见地利确是生生不息的，而自己只不过做了一柄锄头或者一张犁耙！雪样明耀的电灯光从高大的建筑里放射出来，机器的声响均匀而单调，许多撑着倦眼的人就在这里做那机器的帮手。那些是生产的利人的事业呀，但是……他们的生活就是这样了！

一切事情用时行的话说总希望它“经济”，用普通的话说起来就是“值得”。倘若有一个人用一把几十位的大算盘，将种种阶级的生活结一个总数出来，大家一定要大跳起来狂呼“不值得”。觉悟到“不值得”的时候就好了。

1921 年 10 月 27 日

1981 年 11 月 17 日修改

麻将

梁实秋

我的家庭守旧，绝对禁赌，根本没有麻将牌。从小不知麻将为何物。除夕到上元开赌禁，以掷骰子状元红为限，下注三十几个铜板，每次不超过一二小时。有一次我斗胆问起，麻将怎个打法。家君正色曰："打麻将吗？到八大胡同去！"吓得我再也不敢提起"麻将"二字。心里留下一个并不正确的印象，以为麻将与八大胡同有什么密切关联。

后来出国留学，在轮船的娱乐室内看见有几位同学作方城戏，才大开眼界，觉得那一百三十六张骨牌倒是很好玩的。有人热心指点，我也没学会。这时候麻将在美国盛行，很多美国人家里都备有一副，虽然附有说明书，一般人还是不易得其门而入。我们有一位同学在纽约居然以教人打牌为副业，电话召之即去，收入颇丰，每小时一元。但是为大家所不齿，认为他不务正业，贻士林羞。

科罗拉多大学有两位教授，姊妹俩，老处女，请我和闻一多到她们家里晚餐，饭后摆出了麻将，作为余兴。在这一方面我和一多都是属于“四窍已通其三”的人物——一窍不通，当时大窘。两位教授不能了解，中国人竟不会打麻将？当晚四个人临时参看说明书，随看随打，谁也没能规规矩矩地和下一把牌，窝窝囊囊地把一晚消磨掉了。以后再也没有成局。

麻将不过是一种游戏，玩玩有何不可？何况贤者不免。梁任公先生即是此中老手。我在清华念书的时候，就听说任公先生有一句名言：“只有读书可以忘记打牌，只有打牌可以忘记读书。”读书兴趣浓厚，可以废寝忘食，还有工夫打牌？打牌兴亦不浅，上了牌桌全神贯注，焉能想到读书？二者的诱惑力、吸引力有多么大，可以想见。书读多了，没有什么害处，顶多变成不更事的书呆子、文弱书生。经常不断地十圈二十圈麻将打下去，那毛病可就大了。有任公先生的学问风操，可以打牌，我们没有他那样的学问风操，不得借口。

胡适之先生也偶然喜欢摸几圈。有一年在上海，饭后和潘光旦、罗隆基、饶子离和我，走到一品香开房间打牌。硬木桌上打牌，滑溜溜的，震天价响，有人认为痛快。我照例作壁上观。言明只打八圈。打到最后一圈已近尾声，局势十分紧张。胡先生坐庄，潘光旦坐对面，三副落地，吊单，显然是一副满贯的大牌。“扣他的牌，打荒算了。”胡先生摸到一张白板，地上已有两张白板。“难道他会吊孤张？”胡先生口中念念有词，犹豫不决。左右皆曰：“生张不可打，否则和下来要包！”胡适先生自己的牌也是一把满贯的大牌，且早已听张，如果扣下这张白板，势必拆牌应付，于心不甘。犹豫了好一阵子。“冒一下险，试试看。”啪的一声把白板打了出去！“自古成功在尝试”，这一回却是“尝试成功自古无”了。潘光旦嘿嘿一笑，翻出底牌，吊的正是白板。胡先生包了。身上现钱不够，开了一张支票，三十几元。那时候这不算是小数目。胡先生技艺不精，没得怨。

抗战期间，后方的人，忙的是忙得不可开交，闲的是闷得发慌。不知是谁诌了四句俚词：“一个中国人，闷得发慌。两个中国人，就好商量。三个中国人，做不成事。四个中国人，麻将一场。”四个人凑在一起，天造地设，不打麻将怎么办？雅舍也备有麻将，只是备不时之需。有一回有客自重庆来，第二天就回去，要求在雅舍止宿一夜。我们没有招待客人住宿的设备，颇有难色，客人建议打个通宵麻将。在三缺一的情形下，第四者若是坚不下场，大家都认为是伤天害理的事。于是我也不得不凑一角。这一夜打下来，天旋地转，我只剩得奄奄一息，誓言以后在任何情形之下，再也不肯做这种成仁取义的事。

麻将之中自有乐趣。贵在临机应变，出手迅速。同时要手挥五弦目送飞鸿，有如谈笑用兵。徐志摩就是一把好手，牌去如飞，不假思索。麻将就怕“长考”。一家长考，三家暴躁。以我所知，麻将一道要推太太小姐们最为擅长。在桌牌上我看见过真正春笋一般的玉指洗牌砌牌，灵巧无比。（美国佬的粗笨大手砌牌需要一根大尺往前一推，否则牌就摆不直！）我也曾听说某一位太太有接连三天三夜不离开牌桌的纪录，（虽然她最后崩溃以至于吃什么吐什么！）男人们要上班，就无法和女性比。我认识的女性之中有一位特别长于麻将，经常午间起床，午后二时一切准备就绪，呼朋引类，麻将开场，一直打到夜深。雍容俯仰，满室生春。不仅是技压侪辈，赢多输少。我的朋友卢冀野是个倜傥不羁的名士，他和这位太太打过多次麻将，他说："政府于各部会之外应再添设一个'俱乐部'，其中设麻将司，司长一职非这位太太莫属矣。"甘拜下风的不只是他一个人。

路过广州，耳畔常闻噼噼啪啪的牌声，而且我在路边看见一辆停着的大卡车，上面也居然摆着一张八仙桌，四个人露天酣战，行人视若无睹。餐馆里打麻将，早已通行，更无论矣。在台湾，据说麻将之风仍然很盛。有中国人的地方就有麻将，有些地方的寓公寓婆亦不能免。麻将的诱惑力太大。王尔德说过："除了诱惑之外，我什么都能抵抗。"

我不打麻将，并不妄以为自己志行高洁。我脑筋迟钝，跟不上别人反应的速度，影响到麻将的节奏。一赶快就出参差。我缺乏机智，自己的一副牌都常照顾不来，遑论揣度别人的底细，既不知己又不知彼，如何可以应付大局？打牌本是寻乐，往往是寻烦恼，又受气又受窘，干脆不如不打。费时误事的大道理就不必说了。有人说卫生麻将又有何妨？想想看，鸦片烟有没有卫生鸦片，海洛因有没有卫生海洛因？

大凡卫生麻将，结果常是有碍卫生。起初输赢小，渐渐提升。起初是朋友，渐渐成赌友，一旦成为赌友，没有交情可言。我曾看见两位朋友，都是斯文中人，为了甲扣了乙一张牌，宁可自己不和而不让乙和，事后还扬扬得意，以牌示乙，乙大怒。甲说在牌桌上损人不利己的事是可以做的，话不投机，大打出手，人仰桌翻。我又记得另外一桌，庄家连和七把，依然手顺，把另外三家气得目瞪口呆面色如土，结果是勉强终局，不欢而散。赢家固然高兴，可是输家的脸看了未必好受。有了这些经验，看了牌局我就怕，坐壁上观也没兴趣。何况本来是个穷措大，“黑板上进来白板上出去”也未免太惨。

对于沉湎于此道中的朋友们，无论男女，我并不一概诅咒。其中至少有一部分可能是在生活上有什么隐痛，借此忘忧，如同吸食鸦片一样，久而上瘾，不易戒掉。其实要戒也很容易，把牌和筹码以及牌桌一起移除除，洗手不干便是。

一半风雨一半晴

叶浅韵

少年时，觉得时光很慢，很慢，长大是一件遥远的事情。中年时，只恨时光匆匆，太匆匆，变老也许是一夜之间的白发和皱纹。

这是 2021 年的最后一天。宝象河的上空，飘荡着一朵云，白色、黑色、金色在它的身上变幻姿态。阳光穿过柳树上少许的黄叶，那是秋天的执着在与冬风赛跑。河水中的倒影，有些“雁过泥潭”的况味，水流静止，鸥飞急掠。移步所遇景物，竟与穿梭的时光重叠成为另一种意象。

此刻，在世界的不同角落里，有人正在战争中离乱，有人正在痛苦中煎熬，有人正在欢乐中沉溺，更多的人正在平凡的生活中挣扎着诞生新的希望。疫情时代，后疫情时代，每个人的生存空间都受到不同程度的挤压。然而，每一个人的生活都无可代替，我们在不甚相通的悲欢中，体验不同的人生，并产生不同程度的共情力，并以此靠近温暖和良善，感知悲欣交集的每一天。

回首自己经过的这一年，可以用两个字形容：动荡。动荡的生活，动荡的工作，动荡的一天又一天。人至中年，平安是福！但谁也不知道老天会把什么样的生活就赏赐给了谁。生活有时是生机勃勃地活着，有时是生不如死地活着。无论经历什么样的苦痛，只要还活着，日子就得继续，除了接纳和努力改变，别无选择。

我尊重我的工作，感谢它给我生活的底气。我热爱这些跳跃的方块字，感恩它们打开我心灵的法门，尽管有时它们弄疼了我的身心。不停的书写，已经变成我身体的一部分。如果说，起初是为了找到一种出口，排泄心中的悲郁，那么后来就是为了找到一种入口，一种打开自我灵魂的入口。它能让我的生命质地产生些许变化，并让人在这些变化中感知一个人变得更加美好的端倪。

在生活中，你你我我他他，终会被一种隐秘的神性所牵引，成为朋友，成为亲人，成为爱人。在开往春天的列车上，我们互相珍惜一起走过的路。在下一次列车上，我们会遇见另一些惊喜，亦会怀念从前的时光。无愧于我心，便是对所有昼夜的坦诚交代。

偶尔在精神上的出逃，是源于对庸常生活的抵抗。而妥协，就成了归顺生活的有效筹码。战胜自己，需要两匹战马，一匹是白色的，另一匹是黑色的。即使真有一匹五花马，也必定要有千金裘才能相匹配。此一生就不养马了，专程种草，我想有一个大大的草原。可以把它叫作虚拟的呼伦贝尔，我曾在那里看见过最美的蓝天、白云和草地。

这一年，我在地铁、在车站、在火车上，用手机屏幕写下了十余万的文字。练习，让我把碎片的时间串联起来，开启另一种智识的积淀模式。它们是细碎的、毫不起眼的，但它们是铺路的石子，在不经意间，已经让我走出好长一段路。这一年，我终于有了一本自己满意的小集子《生生之门》，这是对我写作生涯的一次重要总结，面对"中国作家"这四个字，我一直深感愧疚，这本书也许能让我减少一些愧疚之感。所以，我要感恩这种动荡的日子，让我没有堕怠，没有停顿。

当一件事物以另外的方式呈现，我在内观、自省中，看见他者，看见自己，看见一个广阔的世界。

得到或是失去，都是一种短暂的存在。唯有关照当下，关照生命的状态，才是自我的真正觉醒。

一些成群结队的欢乐，一些纷沓而至的悲伤，一些令人绝望的过往，像个迷宫，沉溺，虚妄，惶惑。一百次的温暖加一百零一次的厌倦，等于一天一年的日子。每一天之后的新生或是重生，不外是对自我和他人葆有的善美和希望。不灭不息的念想像一个支点，撬开所有的明天。

我不忍回头，却忍不住一次次回头。人生就是一个目送自己的亲人朋友一次次远行的过程。而所有的相逢都是对美好的无限赏赐。花与刺都在同一株植物身上，就看你想要的是什么。

我庆幸自己在跌倒后，没有花太多的时间匍匐地上哀号。那些读过的书，爱过的人，走过的路，让我有足够的底气和勇气迅速站起来奔跑。动荡，是上天给我的另一种体验。

生活依旧，热闹的时候一样的热闹，那些以挚诚之心想要抵达的快乐，最后都成了一只圆润的苹果。该寂寞的时候一样的寂寞，有时想要通过什么排遣寂寞，后来发现不过是延续了更多的寂寞。世间万物是一个巨大的磁场，美好与美好相遇叠加，丑陋和丑陋合并重组。

我像所有走在衰老路上的人，有感慨，有珍惜，亦会有些深刻的断舍离。选择与被迫选择，都是长在自己身上的骨肉。在明天和意外抵达之前，我想成为一个有用的人。桃李满天下的美梦已经破灭了，但我可以在爱的海洋里，成为一滴水，通过阳光的反射，看见一些闪烁的微光。

明天，又是崭新的一年。想起苏轼的词：回首向来萧瑟处，归去，也无风雨也无晴。于我，应该是：一半风雨一半晴。过去的这一年，悲欣交集。未来的一年，又将是另一种悲欣交集。一年复一年，年年是余生。且让心香几瓣，送上祝福无数。

如果你正享人生欢乐，请敞开胸怀，尽情歌唱。如果你正经历人生罹难，请挺起胸膛记住一句话：这世间除了生死，其他皆是小事。如果你每日平淡，那我要祝福你，把你杯子里的白开水，加一些你喜欢的味道，生活就会有了诗和远方的向往。

所经历的苦与痛，爱与恨，病与灾，在烹煮自己的日子里，期待它们幻化成一束光芒，照亮未来的路。愿我们在任何时刻都能感知到来自美好的快乐，来自向上的力量。

提醒幸福

毕淑敏

我们从小就习惯了在提醒中过日子。天气刚有一丝风吹草动，妈妈就说，别忘了多穿衣服。才相识了一个朋友，爸爸就说，小心他是个骗子。你取得了一点成功，还没容得乐出声来，所有关切着你的人一起说，别骄傲！你沉浸在欢快中的时候，自己不停地对自己说："千万不可太高兴，苦难也许马上就要降临……"我们已经习惯了在提醒中过日子。看得见的恐惧和看不见的恐惧始终像乌鸦盘旋在头顶。

在皓月当空的良宵，提醒会走出来对你说：注意风暴。于是我们忽略了皎洁的月光，急急忙忙做好风暴来临前的一切准备。当我们大睁着眼睛枕戈待旦之时，风暴却像迟归的羊群，不知在哪里徘徊。当我们实在忍受不了等待灾难的煎熬时，我们甚至会恶意地祈盼风暴早些到来。

风暴终于姗姗地来了。我们怅然发现，所做的准备多半是没有用的。事先能够抵御的风险毕竟有限，世上无法预计的灾难却是无限的。战胜灾难靠的更多的是临门一脚，先前的惴惴不安帮不上忙。

当风暴的尾巴终于远去，我们守住零乱的家园。气还没有喘匀，新的提醒又智慧地响起来，我们又开始对未来充满恐惧的期待。

人生总是有灾难。其实大多数人早已练就了对灾难的从容，我们只是还没有学会灾难间隙的快活。我们太多注重了自己警觉苦难，我们太忽视提醒幸福。请从此注意幸福！幸福也需要提醒吗？

提醒注意跌倒……提醒注意路滑……提醒受骗上当……提醒荣辱不惊……先哲们提醒了我们一万零一次，却不提醒我们幸福。

也许他们认为幸福不提醒也跑不了的。也许他们以为好的东西你自会珍惜，犯不上谆谆告诫。也许他们太崇尚血与火，觉得幸福无足挂齿。他们总是站在危崖上，指点我们逃离未来的苦难。但避去苦难之后的时间是什么？

那就是幸福啊！

享受幸福是需要学习的，当幸福即将来临的时刻需要提醒。人可以自然而然地学会感官的享乐，却无法天生地掌握幸福的韵律。灵魂的快意同器官的舒适像一对孪生兄弟，时而相傍相依，时而南辕北辙。

幸福是一种心灵的振颤。它像会倾听音乐的耳朵一样，需要不断地训练。简言之，幸福就是没有痛苦的时刻。它出现的频率并不像我们想象的那样少。人们常常只是在幸福的金马车已经驶过去很远，捡起地上的金鬃毛说，原来我见过它。

人们喜爱回味幸福的标本，却忽略幸福披着露水散发清香的时刻。那时候我们往往步履匆匆，瞻前顾后不知在忙着什么。

世上有预报台风的，有预报蝗虫的，有预报瘟疫的，有预报地震的。没有人预报幸福。其实幸福和世界万物一样，有它的征兆。

幸福常常是朦胧的，很有节制地向我们喷洒甘霖。你不要总希冀轰轰烈烈的幸福，它多半只是悄悄地扑面而来。你也不要企图把水龙头拧得更大，使幸福很快地流失。而需静静地以平和之心，体验幸福的真谛。

幸福绝大多数是朴素的。它不会像信号弹似的，在很高的天际闪烁红色的光芒。它披着本色外衣，亲切温暖地包裹起我们。

幸福不喜欢喧嚣浮华，常常在暗淡中降临。贫困中相濡以沫的一块糕饼，患难中心心相印的一个眼神，父亲一次粗糙的抚摸，女友一个温馨的字条……这都是千金难买的幸福啊。像一粒粒缀在旧绸子上的红宝石，在凄凉中愈发熠熠夺目。

幸福有时会同我们开一个玩笑，乔装打扮而来。机遇、友情、成功、团圆……它们都酷似幸福，但它们并不等同于幸福。幸福会借了它们的衣裙，袅袅婷婷而来，走得近了，揭去帏幔，才发觉它有钢铁般的内核。幸福有时会很短暂，不像苦难似的笼罩天空。如果把人生的苦难和幸福分置天平两端，苦难体积庞大，幸福可能只是一块小小的矿石。但指针一定要向幸福这一侧倾斜，因为它有生命的黄金。

幸福有梯形的切面，它可以扩大也可以缩小，就看你是否珍惜。

我们要提高对于幸福的警惕，当它到来的时刻，激情地享受每一分钟。据科学家研究，有意注意的结果比无意要好得多。

当春天来临的时候，我们要对自己说，这是春天啦！心里就会泛起茸茸的绿意。

幸福的时候，我们要对自己说，请记住这一刻！幸福就会长久地伴随我们。那我们岂不是拥有了更多的幸福！

所以，丰收的季节，先不要去想可能的灾年，我们还有漫长的冬季来得及考虑这件事。

我们要和朋友们跳舞唱歌，渲染喜悦。既然种子已经回报了汗水，我们就有权沉浸幸福。不要管以后的风霜雨雪，让我们先把麦子磨成面粉，烘一个香喷喷的面包。

所以，当我们从天涯海角相聚在一起的时候，请不要踌躇片刻后的别离。在今后漫长的岁月里，有无数孤寂的夜晚可以独自品尝愁绪。现在的每一分钟，都让它像纯净的酒精，燃烧成幸福的淡蓝色火焰，不留一丝渣滓。让我们一起举杯，说：我们幸福。

所以，当我们守候在年迈的父母膝下时，哪怕他们鬓发苍苍，哪怕他们垂垂老矣，你都要有勇气对自己说：我很幸福。因为天地无常，总有一天你会失去他们，会无限追悔此刻的时光。

幸福并不与财富地位声望婚姻同步，这只是你心灵的感觉。

所以，当我们一无所有的时候，我们也能够说：我很幸福。因为我们还有健康的身体。

当我们不再享有健康的时候，那些最勇敢的人可以依然微笑着说：我很幸福。因为我还有一颗健康的心。甚至当我们连心也不再存在的时候，那些人类最优秀的分子仍旧可以对宇宙大声说：我很幸福。因为我曾经生活过。

常常提醒自己注意幸福，就像在寒冷的日子里经常看看太阳，心就不知不觉暖洋洋亮光光。

孤独的生活

萧红

蓝色的电灯，好像通夜也没有关，所以我醒来一次看看墙壁是发蓝的，再醒来一次，也是发蓝的。天明之前，我听到蚊虫在帐子外面嗡嗡嗡嗡地叫着，我想，我该起来了，蚊虫都吵得这样热闹了。

收拾了房间之后，想要做点什么事情这点，日本与我们中国不同，街上虽然已经响着木屐的声音，但家屋仍和睡着一般的安静。我拿起笔来，想要写点什么，在写之前必得要先想，可是这一想，就把所想的忘了！

为什么这样静呢？我反倒对着这安静不安起来。

于是出去，在街上走走，这街也不和我们中国的一样，也是太静了，也好像正在睡觉似的。

于是又回到了房间，我仍要想我所想的：在席子上面走着，吃一根香烟，喝一杯冷水，觉得已经差不多了，坐下来吧！写吧！

刚刚坐下来，太阳又照满了我的桌子。又把桌子换了位置，放在墙角去，墙角又没有风，所以满头流汗了。

再站起来走走，觉得所要写的，越想越不应该写，好，再另计划别的。

好像疲乏了似的，就在席子上面躺下来，偏偏帘子上有一个蜂子飞来，怕它刺着我，起来把它打跑了。刚一躺下，树上又有一个蝉开头叫起。蝉叫倒也不算奇怪，但只一个，听来那声音就特别大，我把头从窗子伸出去，想看看，到底是在哪一棵树上？可是邻人拍手的声音，比蝉声更大，他们在笑了。我是在看蝉，他们一定以为我是在看他们。

于是穿起衣裳来，去吃中饭。经过华的门前，她们不在家，两双拖鞋摆在木箱上面。她们的女房东，向我说了一些什么，我一个字也不懂，大概也就是说她们不在家的意思。日本食堂之类，自己不敢去，怕人看成个阿墨林。所以去的是中国饭馆，一进门那个戴白帽子的就说：

“伊拉瞎伊麻丝……”

这我倒懂得，就是“来啦”的意思。既然坐下之后，他仍说的是日本话，于是我跑到厨房去，对厨子说了：要吃什么，要吃什么。

回来又到华的门前看看，还没有回来，两双拖鞋仍摆在木箱上。她们的房东又不知向我说了些什么！

晚饭时候，我没有去寻她们，出去买了东西回到家里来吃，照例买的面包和火腿。

吃了这些东西之后，着实是寂寞了。外面打着雷，天阴得昏昏沉沉的了。想要出去走走，又怕下雨，不然，又是比日里还要长的夜，又把我留在房间里了。终于拿了雨衣，走出去了，想要逛逛夜市，也怕下雨，还是去看华吧！一边带着失望一边向前走着，结果，她们仍是没有回来，仍是看到了两双拖鞋，仍是听到了那房东说了些我所不懂的话语。

假若，再有别的朋友或熟人，就是冒着雨，我也要去找他们，但实际是没有的。只好照着原路又走回来了。

现在是下着雨，桌子上面的书，除掉《水浒》之外，还有一本胡风译的《山灵》，《水浒》我连翻也不想翻，至于《山灵》，就是抱着我这一种心情来读，有意义的书也读坏了。

雨一停下来，穿着街灯的树叶好像萤火似的发光，过了一些时候，我再看树叶时那就完全漆黑了。

雨又开始了，但我的周围仍是静的，关起了窗子，只听到屋瓦滴滴地响着。

我放下了帐子，打开蓝色的电灯，并不是准备睡觉，是准备看书了。

读完了《山灵》上《声》的那篇，雨不知道已经停了多久了。那已经哑了的权龙八，他对他自己的不幸，并不正面去惋惜，他正为着铲除这种不幸才来干这样的事情的。

已经哑了的丈夫，他的妻来接见他的时候，他只把手放在嘴唇前面摆来摆去，接着他的脸就红了，当他红脸的时候，我不晓得那是什么心情激动了他？还有，他在监房里读着速成国语读本的时候，他的伙伴都想要说："你话都不会说，还学日文干什么！"

在他读的时候，他只是听到像是蒸气从喉咙漏出来的一样。恐怖立刻浸着了他，他慌忙地按了监房里的报知机，等他把人喊了来，他又不说什么，只是在嘴的前面摇着手。所以看守骂他："为什么什么也不说呢？浑蛋！"

医生说他是"声带破裂"，他才晓得自己一生也不会说话了。

我感到了蓝色灯光的不足，于是开了那只白灯泡，准备再把《山灵》读下去。我的四面虽然更静了，等到我把自己也忘掉了时，好像我的周围也动荡了起来。

天还未明，我又读了三篇。

德清外婆家

张抗抗

有一次，是坐船到东衡里，再坐汽车回杭州的，看得见镇子东头正在修筑的路基。亲戚们都说："快了快了，你下次再来，从杭州一口气就到洛舍了。"

果然，下一次，从杭州到洛舍，上了公路，一个多小时，真的不敢相信这么快就到了。犹如一只飞船，从河港的水面上唰地飞过去。就好像一道道河上的那一座座石桥，全都转过身连成了路。若不是街上镇里的熟面孔，差一点就怀疑自己是到了另一个地方呢。这些年去洛舍，多一半是为了给外婆扫墓，或是陪母亲探望老家的亲友。20 多年以前外婆还活着的时候，我和妈妈几乎年年春节都要去洛舍过年。镇子里的亲友，都说是看着我长大的，这么多年不见仍是亲热，这一家那一家走走，喝一碗洛舍特有的烘青豆茶，余香久久不散；洛舍的饭菜是妈妈的最爱，南平、延平舅舅和爱群、小怡舅妈，每次都会烧出一桌美味的饭食，让我们大快朵颐。

清蒸甲鱼、油爆河虾、红烧蟮段、千张包子、糯米肉丸，还有走遍中国也难以吃到的清汤鱼圆，令我即便回到北方嘴里仍留有鲜味。那一年春天，延平舅舅给我烧过一次豌豆咸肉菜饭，直到今天还是念念不忘。许多年过去了，如今洛舍的长街上商店林立，建起了一幢幢商品楼房，昔日宁静的小镇一片商业气氛，明显地热闹了许多。南平和延平舅舅各自都开了一家小商店，生活也比以前好了许多。最难忘的是洛舍的文化站，街边上一幢不起眼的小楼，却拥有电影院、娱乐室和藏书几千册的图书馆。站长孙则民先生，早年在杭州大学任职，1957 年被打成右派，颠沛流离历尽坎坷，70 年代末平反改正后回到洛舍担任文化站长，对乡镇的文化建设有一整套完整的构想。在得到镇委的支持后，多方筹集资金，把自己的全部心血和精力都投身于文化站的建设。早在 80 年代中期，孙则民先生就是一个文化市场的先觉者，立足于群众性的文化娱乐活动，自我滚动自我发展，资金得到良性循环，由生存而拓展，营造出健康的社区文化氛围。在孙先生多年持之以恒的苦心经营下，洛舍文化站终于成为洛舍镇民不可缺少的文化场所，并当之无愧地获得了“全国特级文化站”这一来之不易的荣誉。

有一年春天，我从北京回杭州开会，“五一”期间，相约杭一中的同班老同学燕君和李梅，专程去陆家湾看望当年插队时的村书记陆呆大。(1969 年春天，我曾在陆家湾下乡 3 个月，后来离开那里去了北大荒。) 陆呆大年轻时就是一个专心

“促生产”的实干家，在他的领导下，陆家湾大队在20世纪六七十年代就早早集体致富，每户的平均收入在全县都遥遥领先。我离开德清后，他从村书记提升为德清县主管农业的副县长，为人正派耿直。80年代末他从县委副书记的位置退下来后，回到陆家湾，在村边的水塘搞起了家庭养殖业，身板硬朗，精神矍铄。我们从杭州去看他，他早已提前把亲自养殖的鱼虾鸡鸭挑出来捉住杀了烧好，真心诚意地招待我们大吃一顿。那天中午他喝了一点酒，说起社会上的腐败现象，神情黯然十分痛心。如今一晃又有好几年没见到他了，真的好想念他。陆家湾依然山清水秀，当年的石板小道都改成了宽阔的汽车路，许多家都通了电话，村民安居乐业怡然自得。回洛舍镇的路上，经过烟波浩渺、水色苍茫的“洛舍漾”，远远地望见浅淡的湖中央齐整的鱼寮、白色的网箱浮标和悠悠的打鱼船，不觉心荡神怡。洛舍漾湖面开阔，水色清柔，近处高高的堤岸边是青青的桑树地，远处视线可达无垠的天际，恬淡的水波中传递着一种江南水乡的神秘，水天一色的辽阔却分明又是大家气派。所以洛舍漾是我最喜欢的一个地方。想起当年插队的时候，从镇上搭村民的小船回陆家湾，错上了一条洛舍漾“彼岸”那个县的小船，船上的农民一路上跟我们三个杭州女生调侃，非要我们嫁到他们那个村子去给他们的儿子当老婆，弄得我们又羞又恼，上了岸赶紧落荒而逃，如今已记不得最后是怎么回到陆家湾的……

德清历史上就是富庶之地、江南的鱼米之乡，风调雨顺自然条件得天独厚。近年来，为了使德清的经济文化发展再上一个台阶，县委县政府各部门的业务干部，几乎每年都要进京一次，隆重会见各路神圣，广结良友。洛舍的前乡党委书记潘月山，曾亲自到北京我家登门拜访，希望我对故乡多加关注。他调离洛舍之前，又亲自陪同新任的洛舍镇党委书记陈佐平先生，再次到我家探望，把这一层“亲戚”关系交到下一任父母官手里，可见潘书记对洛舍的这份感情与责任。那一年，我曾应潘书记之邀，专程回洛舍“探亲”并参观了乡镇企业。木器加工厂和钢琴厂厂区优美的环境，给我留下很深的印象。其实在那之前，我早已知道洛舍钢琴厂艰难的创业史，还曾为“伯牙”牌钢琴写过一篇名为“高山流水听乡音”的文章。近年来钢琴厂在激烈的市场竞争中一度陷入困境，期间几易其名顽强拼搏。我回京后曾为其多方寻找合作伙伴，可惜终是未果，内心一直歉疚。

那一次离开洛舍后，顺道去了德清的新县城武康，我惊讶地发现，德清变成了一座漂亮而明亮的现代化新城。至今还记得那所教学设施一流的德清中学，优质的绿茵场、崭新的教学楼，与省城最好的中学相比也毫不逊色。还有宽阔整齐的街道、设备优良的德清县电视台、服务设施一应俱全的宾馆、可一览全城风光的银行高楼顶层……那已经完全不是我童年记忆中古老而陈旧的德清城了。德清像一个返老还童的婴儿，昔日的衰老已踪影全无，变得清新健康，充满了生气与活力。我知道为重建这座新城，需要筹措并付出巨额资金，而如此巨大的投资已成为德清人的重负。又是几年过去了，未知德清的二度创业是否顺利。但愿这笔用于建设的债务压力，能转化为德清经济发展的巨大动力。

一次一次，一年一年，每次“探亲”都目睹了故乡的变化。就像亲眼看着一匾壮实的春蚕，一层一层地蜕去陈旧的皮壳，一点一点地长大。然后结茧吐丝，一针针一梭梭织出一幅幅华美的锦缎，在杭嘉湖平原上如水巷闪烁飘逸，如彩虹抖擞飞翔。虽然，幼时记忆中洛舍镇上那湿漉漉的青石板路、临水架柱的老屋以及带有窄窄廊棚的“南海”小街，还有土地庙、镇子西头那座古老的拱形大石桥，都已随岁月的流逝而逐日消失，令我每次回洛舍，总有一种难言的酸涩与遗憾，在心头徘徊不去，曾经在心里暗暗希望着洛舍的老镇老街老宅，也能像南浔、西塘那样的江南古镇被妥善保存，成为颇负盛名的旅游之地。但我知道，那已经永远成为一种儿时的回忆，一个不可再现的梦。

老镇正在无可挽回地颓败与破落下去。而一个充满现代气息的德清、一个更为富裕的德清，正在拔地而起。愿这片丰饶的土地上，生长出同样壮硕的精神与文化之树。

算起来，外婆过世已经 23 年了。但外婆的灵魂依然飘荡在德清这片土地上空，守望着洛舍漾的青山绿水。外婆不在了，但母亲的故乡德清依旧让我牵挂。没有外婆的德清，它仍然是、永远是我的外婆家。

第五章

未经省察的人生没有价值

一条老狗

季羡林

自己也不知道是什么原因，我总会不时想起一条老狗来。在过去七十年的漫长时间内，不管我是在国内，还是在国外，不管我是在亚洲、在欧洲、在非洲，一闭眼睛，就会不时有一条老狗的影子在我眼前晃动，背景是在一个破破烂烂的篱笆门前，后面是绿苇丛生的大坑，透过苇丛的疏隙处，闪亮出一片水光。

这究竟是怎么一回事呢?

无论用多么夸大的词句，也绝不能说这一条老狗是逗人喜爱的。它只不过是一条最普普通通的狗，毛色棕红、灰暗，上面沾满了碎草和泥土，在乡村群狗当中，无论如何也显不出一点特异之处，既不凶猛，又不魁梧。然而，就是这样一条不起眼儿的狗却揪住了我的心，一揪就是七十年。

因此，话必须从七十年前说起。当时我还是一个不谙世事的毛头小伙子，正在清华大学读西洋文学系二年级。能够进入清华园，是我平生最满意的事情，日子过得十分惬意。然而，好景不长。有一天，是在秋天，我忽然接到从济南家中打来的电报，只有四个字："母病速归。"我仿佛是劈头挨了一棒，脑筋昏迷了半天。我立即买好了车票，登上开往济南的火车。

当时的处境是，我住在济南叔父家中，这里就是我的家，而我母亲却住在清平官庄的老家里。我六岁的那一年，离开了故乡，也就是离开了母亲，到济南叔父处去上学。我上一辈共有十一位叔伯兄弟，而男孩却只有我一个。济南的叔父也只有一个女孩，于是在表面上我就成了一个宝贝蛋。然而真正从心眼里爱我的只有母亲一人，别人不过是把我看成能够传宗接代的工具而已。这一层道理一个六岁的孩子是无法理解的。可是离开母亲的痛苦我却是理解得又深又透的。到了济南后第一夜，我生平第一次不在母亲怀抱里睡觉，而是孤身一个人躺在一张小床上，我无论如何也睡不着，我一直哭了半夜。这是怎么一回事呀！为什么把我弄到这里来了呢？"可怜小儿女，不解忆长安。"母亲当时的心情，我还不会去猜想。现在追忆起来，她一定会是肝肠寸断，痛哭绝不止半夜。

在整整十四年中，我总共回过三次老家。第一次是在我上小学的时候，为了奔大奶奶之丧而回家的。第二次回家是在我上中学的时候，原因是父亲卧病。叔父亲自请假回家，看自己共过患难的亲哥哥。过了没有多久，父亲终于走了。

叔父到济南来接我回家。这是我第三次回家，同第一次一样，专为奔丧。在家里埋葬了父亲，又住了几天。现在家里只剩下了母亲和二妹两个人。家里失掉了男主人，一个妇道人家怎样过那种只有半亩地的穷日子，母亲的心情怎样，我只有十一二岁，当时是难以理解的。但是，我仍然必须离开她到济南去继续上学。母亲心内的痛苦和忧愁，连我都感觉到了。最后她只能眼睁睁地看着自己最亲爱的孩子离开了自己，走了，走了。谁会知道，这是她最后一次看到自己的儿子呢？谁会知道，这也是我最后一次见到母亲呢？

回到济南以后，我由小学而初中，由初中而高中，由高中而到北京来上大学，在长达八年的过程中，我由一个混混沌沌的小孩子变成了一个青年人，知识增加了一些，对人生了解得也多了不少。对母亲当然仍然是不断想念的。但在暗中饮泣的次数少了，想的是一些切切实实的问题和办法。我梦想，再过两年，我大学一毕业，由于出身一个名牌大学，抢一只饭碗是不成问题的。到了那时候，自己手头有了钱，我将首先把母亲迎至济南。她才四十来岁，今后享福的日子多着哩。

可是我这一个奇妙如意的美梦竟被一张“母病速归”的电报打了个支离破碎。我坐在火车上，心惊肉跳，忐忑难安。

到了家中，我才知道，母亲不是病了，而是走了。这消息对我真如五雷轰顶，我昏迷了半晌，躺在床上哭了一天，水米不曾沾牙。悔恨像大毒蛇直刺入我的心窝。在长达八年的时间内，难道你就不能在任何一个暑假内抽出几天时间回家看一看母亲吗？二妹在前几年也从家乡来到了济南，家中只剩下母亲一个人，孤苦伶仃，形单影只，而且又缺吃少喝，她日子是怎么过的呀！你的良心和理智哪里去了？你连想都不想一下吗？你还能算得上是一个人吗？我痛悔自责，找不到一点能原谅自己的地方。我一度曾想到自杀，追随母亲于地下。我此时如万箭钻心，痛苦难忍，想一头撞死在母亲棺材上，被别人死力拽住，昏迷了半天，才醒转过来。抬头看屋中的情况，真正是家徒四壁，除了几只破椅子和一只破箱子以外，什么都没有。在这样的环境中，母亲这八年的日子是怎样过的，不是一清二楚了吗？我又不禁悲从中来，痛哭了一场。

现在家中已经没了女主人，也就是说，没有了任何人。让我再陪母亲住上几天吧。在茫茫百年中，我在母亲身边只住过六年多，现在仅仅剩下了几天，再不陪就真正抱恨终天了。此时，万籁俱寂，宇宙笼罩在一片黑暗中，只有天上的星星在眨眼，仿佛闪出一丝光芒。全村没有一点亮光，没有一点声音。透过大坑里芦苇的疏隙闪出一点水光。走近破篱笆门时，门旁地上有一团黑东西，细看才知道是一条老狗，静静地卧在那里。狗有没有思想，我说不准，但感情的确是有的。

这一条老狗几天来大概是陷入困惑中：天天喂我的女主人怎么忽然不见了？它白天到村里什么地方偷一点东西吃，

立即回到家里来，静静地卧在篱笆门旁。见了我这个小伙子，它似乎感到我也是这家的主人，同女主人有点什么关系，因此见到了我并不咬我，有时候还摇摇尾巴，表示亲昵。那一天晚上我看到的就是这一条老狗。

我孤身一个人走进屋内，屋中停放着母亲的棺材。我躺在里面一间屋子里的大土炕上，炕上到处是跳蚤，它们勇猛地向我发动进攻。我本来就毫无睡意，跳蚤的干扰更加使我难以入睡了。我此时孤身一人陪伴着一具棺材。我是不是害怕呢？不的，一点也不。虽然是可怕的棺材，但里面躺的人却是我的母亲。她永远爱她的儿子，是人，是鬼，都绝不会改变的。

我躺在炕上，无论如何也睡不着了，两只眼睛望着黑暗，仿佛能感到自己的眼睛在发亮。我想了很多很多，八年来从来没有想到的事，现在全想到了。父亲死了以后，济南的经济资助几乎完全断绝，母亲就靠那半亩地维持生活，她能吃得饱吗？她一定是天天夜里躺在我现在躺的这一个土炕上想她的儿子，然而儿子却音信全无。她不识字，我写信也无用。听说她曾对人说过："如果我知道一去不回头的话，我无论如何也不会放他走的！"这一点我为什么过去一点也没有想到过呢？古人说："树欲静而风不止，子欲养而亲不待。"现在这两句话正应在我的身上，我亲自感受到了；然而晚了，晚了，逝去的时光不能再追回了！"长夜漫漫何时旦？"我却盼天赶快亮。然而，我立刻又想到，我只是一次度过这样痛苦的漫漫长夜，母亲却度过了将近三千次。这是多么可怕的一段时间啊！在长夜中，全村没有一点灯光，没有一点声音，黑暗仿佛凝结成为固体，只有一个人还瞪大了眼睛在玄想，想的是自己的儿子。伴随她的寂寥的只有一个动物，就是篱笆门外静卧的那一条老狗。想到这里，我无论如何也不敢再想下去了；如果再想下去的话，我不知道会出现什么样的情况。

母亲的丧事处理完，又是我离开故乡的时候了。临离开那一座破房子时，我一眼就看到那一条老狗仍然忠诚地趴在篱笆门口。见了我，它似乎预感到我要离开了，它站了起来。走到我跟前，在我腿上擦来擦去，对着我尾巴直摇。我一下子泪流满面，我知道这是我们的永别，我俯下身，抱住了它的头，亲了一口。我很想把它抱回济南，但那是绝对办不到的。我只好一步三回首地离开了那里，眼泪向肚子里流。

到现在这一幕已经过去了七十年。我总是不时想到这一条老狗。女主人没了，少主人也离开了，它每天到村内找点东西吃，究竟能够找多久呢？我相信，它绝不会离开那个篱笆门口的，它会永远趴在那里的，尽管脑袋里也会充满了疑问。它究竟趴了多久，我不知道，也许最终是饿死的。我相信，就是饿死，它也会死在那个破篱笆门口，后面是大坑里透过苇丛闪出来的水光。

我从来不信什么轮回转生，但是，我现在宁愿信上一次。我已经九十岁了，来日苦短了。等到我离开这个世界以后，我会在天上或者地下什么地方与母亲相会，趴在她脚下的仍然是这一条老狗。

2001 年 5 月 2 日写定

（本文选入时有删减）

秋林晚步

王统照

“枯桑叶易零，疲客心易惊！今兹亦何早，已闻络纬鸣。迴风灭且起，卷蓬息复征。……百物方萧瑟，坐叹从此生！”

中国文人以“秋”为肃杀凄凉的节季，所以天高日回，烟霏云敛的话，常常在诗文中可以读到。实在由一个丰缛的盛夏，转到深秋，便易觉到萧凄之感。登山临水，偶然看见清脱的峰峦，澄明的潭水，或者一只远飞的孤雁，一片堕地的红叶……这须臾中的间隔，便有“物谢岁微”，抚赏怨情的滋味，充满心头！因为那凋零的，扫落的，骚杀的，冷静的景物，自然的摇落，是凄零的声，灰淡淡的色，能够使你弹琴没有谐调，饮酒失却欢情。

“春”以花艳，“夏”以叶鲜，说到“秋”来，便不能不以林显了。花欲其娇丽，叶欲其密茂，而林则以疏，以落而愈显，茂林，密林，丛林，固然是令人有苍苍翳翳之感，然而究不如秃枯的林木，在那些曲径之旁，飞蓬之下；分外有诗意，有异感，疏枝、霜叶之上，有高苍而带有灰色面目的晴空，有络纬、蟪蛄以及不知名的秋虫凄鸣在林下。或者是天寒荒野，或者是日暮清溪，在这种地方偶然经过，枫、柏、白杨的挺立，朴疏小树的疲舞，加上一声两声的昏鸦、寒虫，你如果到那里，便自然易生凄寥的感动。常想人类的感觉难得将精神的分类说个详尽。从前见太侔与人信中说：心理学家多少年的苦心的发明，恒不抵文学家一语道破……所以像为时令及景物的变化，而能化及人的微妙的感觉，这非容易说明的。实感的精妙处，实非言语学问所能说得出，解得透。心与物的应感，时既不同，人人也不相似。“抚己忽自笑，沉吟为谁故？”即合起古今来的诗人，又哪一个能够说得毫无执碍呢？

还是向秋林下作一迟回的寻思吧。是在一抹的密云之后，露出淡赭色的峰峦，那里有陂陀的斜径，由萧疏的林中穿过。矫立的松柏、半落叶子的杉树，以及几行待髡的秋柳……那乱石清流边，一个人儿独自在林下徘徊，一色是淡黄的，为落日斜映，现出凄迷朦胧的景象，不问便知是已近黄昏了……这已近黄昏的秋林独步，像是一片凄清的音乐由空中流出。

“残阳已下，凉风东升，偶步疏林，落叶随风作响，如诉其不胜秋寒者！……”

这空中的画幅的作者，明明用诗的散文告诉我们秋林下的幽趣，与人的密感。远天下的鸣鸿，秋原上的枯草，正可与这秋林中的独行者相慰寂寞。

秋之凄戾，晚之默对，如果那是个易感的诗人，他的清泪当潸然滴上襟袖；如果他是个少年，对此疏林中的暝色，便又在冥茫之下生出惆怅的心思，在这时所有的生动、激愤、忧切，合成一个密点的网子，融化在这秋晚的憧憬的景物之中。拾不起的，剪不断的，丢不下的，只有凄凄的微感；……这微感却正是诗人心中的灵明的火焰！它虽不能烧却野草，使之燎原，然而那无凭的，空虚的感动，已竟在暮色清寥中，将此奇秘的宇宙，融化成一个原始的中心。

一切精微感觉迫压我们的，只有“不胜”二字足以代表。若使完全容纳在心中，便无复洋溢有余的寻思：若使它隔得我们远远的，至多也不过如看风景画片值得一句赞叹。然而身在实感之中，又若“不胜”秋寒，而落叶林下的人儿，恐怕也觉得“不胜秋”了！况且那令人眷念怅寻的黄昏，又加上一层凋零的骚杀的意味呢！

真的，这一幅小小的绘画，将我的冥思引起。疏言画成赠我，又值此初秋，令人坐对着画儿，遥听着海边的落叶声，焉能不有一点莫能言说的惆怅！

未经省察的人生没有价值

周国平

有两种哲学家。一种人把哲学当作他的职业，即谋生的手段。另一种人把哲学当作他的生命甚至是比生命更宝贵的东西。在公元前五世纪的希腊，智者属于前者，用苏格拉底的话说，他们是“智慧的出卖者”；而苏格拉底自己则堪为后者的典范，他也许是哲学史上因为思想而被定罪并且为了思想而英勇献身的、最早也最著名的一位哲学家了。

苏格拉底的经历和他在西方思想史上的地位，与孔子之于中国有某种相似之处。他们生活的年代相近，两人毕生都以教育为主要事业，在哲学思想上都重人生伦理而轻形而上学，分别成为中西人文思想的始祖。

我发现，直接用政治的分野来判断一位真正的哲学家，往往不得要领。苏格拉底诚然是在雅典民主派当权期间被处死的，但这并不能证明他站在贵族派一边。

事实上，无论在民主政体还是贵族政体下，他都曾经甘冒杀身之祸，独自一人与民众大会或寡头政府相对抗，以坚持他心目中的正义。对于苏格拉底来说，还有比当时奴隶主两派的政治更高的东西，这就是他的哲学所追求的合理的人生。

现在，人们在追溯西方哲学中人本主义思潮的源头时，一般追溯到苏格拉底。

诚然，苏格拉底以前的希腊哲人，例如赫拉克利特与德谟克利特，在他们的著作残篇中也不乏人生智慧的格言，但苏格拉底确实是自觉地把哲学对象限制在人生问题范围内的第一人。他在法庭申辩时所说的“未经省察的人生没有价值”一语，在我看来是道出了哲学的根本使命，这就是探索人生的意义，过一个有意义的人生。哲学家是一些把生命的意义看得比生命本身更重要的人，他们一生孜孜于思考、寻求和创造这种意义，如果要他们停止这种寻求，或者寻求而不可得，他们就活不下去。用苏格拉底的话来说，就是“必须追求好的生活远过于生活”（《克力同》）。所以，当法庭以抛弃哲学为条件赦他的罪时，他拒绝了。哲学的本义是爱智慧，爱智慧甚于爱一切，包括甚于爱生命。

商务印书馆最近相继出版了柏拉图的《游叙弗伦·苏格拉底的申辩·克力同》和色诺芬的《回忆苏格拉底》的中译本，为我们了解苏格拉底其人和其思想提供了方便。研究者们一般认为，前者有把苏格拉底理想化的倾向，后者更符合历史真实。我倒觉得，作为哲学家的柏拉图，比作为军人的色诺芬，更能理解他们的这位哲学家老师。在柏拉图笔下，苏格拉底更像一位哲学家。在色诺芬笔下，苏格拉底却显得有些平庸。例如，苏格拉底认为智慧即美德，这在柏拉图笔下突出的是理想人格的锻造和心灵的自我享受，在色诺芬笔下则往往把美德归结为节制，又把节制归结为获取最大快乐的手段。又如，苏格拉底之所以从容就义，色诺芬举出两点非常实际的考虑：免去老年的痛苦；死后的声誉。柏拉图笔下的苏格拉底则以他特有的机智方式做一番推论：死后或毫无知觉，如无梦之夜一样痛快；或迁居彼界，得以和古来志士仁人相处，不必与为思想而杀人者打交道，实为无限幸福。他的结束语是："分手的时候到了，我去死，你们去活，谁的去路好，唯有神知道。"哲学家的幽默和达观，跃然眼前。

我并不主张对苏格拉底哲学做过高评价。他把哲学的注意力移向人生，诚然是一大功绩，但他进而把人生问题归结为伦理道德，视野又未免狭窄了。其实，人生意义问题的提出，是以绝对为背景的，哲学的智慧不在于就人生论人生，而在于以绝对为背景对人生意义做出说明。赫拉克利特说，智慧不等于知识，智慧在于认识一，即绝对和永恒。苏格拉底却把智慧与知识等同起来，又把知识与美德等同起来，尽管他强调的是"关心自己的灵魂"，但是，如果像他那样把对于绝对的渴望从灵魂中排除出去，视为无用无谓之事，那么，灵魂就不成其为灵魂，而智慧也降为一种道德知识和处世之道了。在这个意义上，我认为苏格拉底比起赫拉克利特来又是某种退步。不过，尽管如此，苏格拉底的“未经省察的人生没有价值”一语仍不失为至理名言，是一个真诚的哲学家应有的信念，只是我们应该以更加广阔的眼光去省察人生。

命若琴弦

史铁生

莽莽苍苍的群山之中走着两个瞎子，一老一少，一前一后，两顶发了黑的草帽起伏攒动，匆匆忙忙，像是随着一条不安静的河水在漂流。无所谓从哪儿来，也无所谓到哪儿去，每人带一把三弦琴，说书为生。

方圆几百上千里的这片大山中，层峦叠嶂，沟壑纵横，人烟稀疏，走一天才能见一片开阔地，有几个村落。荒草丛中随时会飞起一对山鸡，跳出一只野兔、狐狸或者其他小野兽。山谷中常有鹞鹰盘旋。

寂静的群山没有一点阴影，太阳正热得凶。

“把三弦子抓在手里。”老瞎子喊，在山间震起回声。

“抓在手里呢。”小瞎子回答。

“操心身上的汗把三弦子弄湿了。弄湿了晚上弹你的肋条？”

“抓在手里呢。”

老少二人都赤着上身，各自拎了一条木棍探路。缠在腰间的粗布小褂已经被汗水洇湿了一大片。蹚起来的黄土干得呛人。这正是说书的旺季。天长，村子里的人吃罢晚饭都不待在家里；有的人晚饭也不在家里吃，捧上碗到路边去，或者到场院里。老瞎子想赶着多说书，整个热季领着小瞎子一个村子一个村子紧走，一晚上一晚上紧说。老瞎子一天比一天紧张，激动，心里算定：弹断一千根琴弦的日子就在这个夏天了，说不定就在前面的野羊坳。

暴躁了一整天的太阳这会儿正平静下来，光线开始变得深沉。远远近近的蝉鸣也舒缓了许多。

“小子！你不能走快点吗？”老瞎子在前面喊，不回头也不放慢脚步。

小瞎子紧跑几步，吊在屁股上的一只大挎包丁零当啷地响，离老瞎子仍有几丈远。

“野鸽子都往窝里飞啦。”

“什么？”小瞎子又紧走几步。

“我说野鸽子都回窝了，你还不快走！”

“噢。”

“你又鼓捣我那电匣子呢。”

“噫——鬼动来。”

“那耳机子快让你鼓捣坏了。”

“鬼动来！”

老瞎子暗笑：你小子才活了几天？“蚂蚁打架我也听得

着。”老瞎子说。

小瞎子不争辩了，悄悄把耳机子塞到挎包里去，跟在师父身后闷闷地走路。无尽无休的无聊的路。

走了一阵子，小瞎子听见有只獾在地里啃庄稼，就使劲学狗叫，那只獾连滚带爬地逃走了，他觉得有点开心，轻声哼了几句小调儿，哥哥呀妹妹的。师父不让他养狗，怕受村子里的狗欺负，也怕欺负了别人家的狗，误了生意。又走了一会儿，小瞎子又听见不远处有条蛇在游动，弯腰摸了块石头砍过去，“哗啦啦”一阵高粱叶子响。老瞎子有点可怜他了，停下来等他。

“除了獾就是蛇。”小瞎子赶忙说，担心师父骂他。

“有了庄稼地了，不远了。”老瞎子把一个水壶递给徒弟。

“干咱们这营生的，一辈子就是走。”老瞎子又说，“累不？”

小瞎子不回答，知道师父最讨厌他说累。

“我师父才冤呢。就是你师爷，才冤呢，东奔西走一辈子，到了没弹够一千根琴弦。”

小瞎子听出师父这会儿心绪好，就问：“什么是绿色的长乙（椅）？”

“什么？噢，八成是一把椅子吧。”

“曲折的油狼（游廊）呢？”

“油狼？什么油狼？”

“曲折的油狼。”

“不知道。”

“匣子里说的。”

“你就爱瞎听那些玩意儿。听那些玩意儿有什么用？天底下的好东西多啦，跟咱们有什么关系？”

“我就没听您说过，什么跟咱们有关系。”小瞎子把“有”字说得重。

“琴！三弦子！你爹让你跟了我来，是为让你弹好三弦子，学会说书。”

小瞎子故意把水喝得咕噜噜响。

再上路时小瞎子走在前头。

大山的阴影在沟谷里铺开来。地势也渐渐地平缓，开阔。

接近村子的时候，老瞎子喊住小瞎子，在背阴的山脚下找到一个小泉眼。细细的泉水从石缝里往外冒，淌下来，积成脸盆大的小洼，周围的野草长得茂盛，水流出去几十米便被干涸的土地吸干。

“过来洗洗吧，洗洗你那身臭汗味。”

小瞎子拨开野草在水洼边蹲下，心里还在猜想着“曲折的油狼”。

“把浑身都洗洗。你那样儿准像个小叫花子。”

“那您不就是个老叫花子了？”小瞎子把手按在水里，嘻嘻地笑。

老瞎子也笑，双手捧起水往脸上泼。“可咱们不是叫花子，咱们有手艺。”

“这地方咱们好像来过。”小瞎子侧耳听着四周的动静。

“可你的心思总不在学艺上。你这小子心太野。老人的话你从来不着耳朵听。”

“咱们准是来过这儿。”

“别打岔！你那三弦子弹得还差着远呢。咱这命就在这几根琴弦上，我师父当年就这么跟我说。”

泉水清凉凉的。小瞎子又哥哥呀妹妹地哼起来。

老瞎子挺来气：“我说什么你听见了吗？”

“咱这命就在这几根琴弦上，您师父我师爷说的。我都听过八百遍了。您师父还给您留下一张药方，您得弹断一千根琴弦才能去抓那服药，吃了药您就能看见东西了。我听您说过一千遍了。”

“你不信？”

小瞎子不正面回答，说：“干吗非得弹断一千根琴弦才能去抓那服药呢？”

“那是药引子。机灵鬼儿，吃药得有药引子！”

“一千根断了的琴弦还不好弄？”小瞎子忍不住哧哧地笑。

“笑什么笑！你以为你懂得多少事？得真正是一根一根断了的才成。”

小瞎子不敢吱声了，听出师父又要动气。每回都是这样，师父容不得对这件事有怀疑。

老瞎子也没再作声，显得有些激动，双手搭在膝盖上，两颗骨头一样的眼珠对着苍天，像是一根一根地回忆着那些弹断的琴弦。盼了多少年了呀，老瞎子想，盼了五十年了！

五十年中翻了多少架山，走了多少里路哇，挨了多少回晒，挨了多少回冻，心里受了多少委屈呀。一晚上一晚上地弹，心里总记着，得真正是一根一根尽心尽力地弹断的才成。现在快盼到了，绝出不了这个夏天了。老瞎子知道自己又没什么能要命的病，活过这个夏天一点不成问题。“我比我师父可运气多了，”他说，“我师父到了没能睁开眼睛看一回。”

“咳！我知道这地方是哪儿了！”小瞎子忽然喊起来。

老瞎子这才动了动，抓起自己的琴来摇了摇，叠好的纸片碰在蛇皮上发出细微的响声，那张药方就在琴槽里。

“师父，这儿不是野羊岭吗？”小瞎子问。

老瞎子没搭理他，听出这小子又不安稳了。

“前头就是野羊坳，是不是，师父？”

“小子，过来给我擦擦背。”老瞎子说，把弓一样的脊背弯给他。

“是不是野羊坳，师父？”

“是！干什么？你别又闹猫似的。”

小瞎子的心扑通扑通跳，老老实实地给师父擦背。老瞎子觉出他擦得很有劲。

“野羊坳怎么了？你别又叫驴似的会闻味儿。”

小瞎子心虚，不吭声，不让自己显出兴奋。

“又想什么呢？别当我不知道你那点心思。”

“又怎么了，我？”

“怎么了你？上回你在这儿疯得不够？那妮子是什么好

货！”老瞎子心想，也许不该再带他到野羊坳来。可是野羊坳是个大村子，年年在这儿生意都好，能说上半个多月。老瞎子恨不能立刻弹断最后几根琴弦。

小瞎子嘴上嘟嘟囔囔的，心却飘飘的，想着野羊坳里那个尖声细气的小妮子。

“听我一句话，不害你。”老瞎子说，“那号事靠不住。”

“什么事？”

“少跟我贫嘴。你明白我说的什么事。”

“我就没听您说过，什么事靠得住。”小瞎子又偷偷地笑。

老瞎子没理他，骨头一样的眼珠又对着苍天。那儿，太阳正变成一汪血。

两面脊背和山是一样的黄褐色。一座已经老了，嶙峋瘦骨像是山根下裸露的基石。另一座正年轻。老瞎子七十岁，小瞎子才十七。

小瞎子十四岁上父亲把他送到老瞎子这儿来，为的是让他学说书，这辈子好有个本事，将来可以独自在世上活下去。

老瞎子说书已经说了五十多年。这一片偏僻荒凉的大山里的人们都知道他：头发一天天变白，背一天天变驼，年年月月背一把三弦琴满世界走，逢上有愿意出钱的地方就拨动琴弦唱一晚上，给寂寞的山村带来欢乐。开头常是这么几句：“自从盘古分天地，三皇五帝到如今，有道君王安天下，无道君王害黎民。轻轻弹响三弦琴，慢慢稍停把歌论，歌有三千七百本，不知哪本动人心。”于是听书的众人喊起来，老的要听董永卖身葬父，小的要听武二郎夜走蜈蚣岭，女人们想听秦香莲。这是老瞎子最知足的一刻，身上的疲劳和心里的孤寂全忘却，不慌不忙地喝几口水，待众人的吵嚷声鼎沸，便把琴弦一阵紧拨，唱道："今日不把别人唱，单表公子小罗成。"或者："茶也喝来烟也吸，唱一回哭倒长城的孟姜女。"满场立刻鸦雀无声，老瞎子也全心沉到自己所说的书中去。

他会的老书数不尽。他还有一个电匣子，据说是花了大价钱从一个山外人手里买来，为的是学些新词儿，编些新曲儿。其实山里人倒不太在乎他说什么唱什么。人人都称赞他那三弦子弹得讲究，轻轻漫漫的，飘飘洒洒的，疯癫狂放的，那里头有天上的日月，有地上的生灵。老瞎子的嗓子能学出世上所有的声音，男人、女人，刮风下雨，兽啼禽鸣。不知道他脑子里能呈现出什么景象，他一落生就瞎了眼睛，从没见过这个世界。

小瞎子可以算见过世界，但只有三年，那时还不懂事。他对说书和弹琴并无多少兴趣，父亲把他送来的时候费尽了唇舌，好说歹说连哄带骗，最后不如说是那个电匣子把他留住。他抱着电匣子听得入神，甚至没发觉父亲什么时候离去。

这只神奇的匣子永远令他着迷，遥远的地方和稀奇古怪的事物使他幻想不绝，凭着三年朦胧的记忆，补充着万物的色彩和形象，譬如海，匣子里说蓝天就像大海，他记得蓝天，于是想象出海；匣子里说海是无边无际的水，他记得锅里的水，于是想象出满天排开的水锅。再譬如漂亮的姑娘，匣子里说就像盛开的花朵，他实在不相信会是那样，母亲的灵柩被抬到远山上去的时候，路上正开遍着野花，他永远记得却永远不愿意去想。但他愿意想姑娘，越来越愿意想，尤其是野羊坳的那个尖声细气的小妮子，总让他心里荡起波澜。直到有一回匣子里唱道，“姑娘的眼睛就像太阳”，这下他才找到了一个贴切的形象，想起母亲在红透的夕阳中向他走来的样子，其实人人都是根据自己的所知猜测着无穷的未知，以自己的感情勾画出世界。每个人的世界就都不同。

也总有一些东西小瞎子无从想象，譬如“曲折的油狼”。

这天晚上，小瞎子跟着师父在野羊坳说书，又听见那小妮子站在离他不远处尖声细气地说笑。书正说到紧要处——“罗成回马再交战，大胆苏烈又兴兵。苏烈大刀如流水，罗成长枪似腾云，好似海中龙吊宝，犹如深山虎争林。又战七日并七夜，罗成清茶无点唇……”老瞎子把琴弹得如雨骤风疾，字字句句唱得铿锵。小瞎子却心猿意马，手底下早乱了套数……

野羊岭上有一座小庙，离野羊坳村二里地，师徒二人就在这里住下。石头砌的院墙已经残断不全，几间小殿堂也歪斜欲倾百孔千疮，唯正中一间尚可遮蔽风雨，大约是因为这一间中毕竟还供奉着神灵。三尊泥像早脱尽了尘世的彩饰，还一身黄土本色返璞归真了，认不出是佛是道。院里院外、房顶墙头都长满荒藤野草，蓊蓊郁郁倒有生气。老瞎子每回到野羊坳说书都住这儿，不出房钱又不惹是非。小瞎子是第二次住在这儿。

散了书已经不早，老瞎子在正殿里安顿行李，小瞎子在侧殿的檐下生火烧水。去年砌下的灶稍加修整就可以用。小瞎子撅着屁股吹火，柴草不干，呛得他满院里转着圈咳嗽。

老瞎子在正殿里数叨他："我看你能干好什么。"

"柴湿嘛。"

"我没说这事。我说的是你的琴，今儿晚上的琴你弹成了什么？"

小瞎子不敢接这话茬，吸足了几口气又跪到灶火前去，鼓着腮帮子一通猛吹。"你要是不想干这行，就趁早给你爹捎信把你领回去。老这么闹猫闹狗的可不行，要闹回家闹去。"

小瞎子咳嗽着从灶火边跳开，几步蹿到院子另一头，呼哧呼哧大喘气，嘴里一边骂。

"说什么呢？"

"我骂这火。"

"有你那么吹火的？"

"那怎么吹？"

"怎么吹？哼，"老瞎子顿了顿，又说，"你就当这灶火是那妮子的脸！"

小瞎子又不敢搭腔了，跪到灶火前去再吹，心想：真的，不知道兰秀儿的脸什么样。那个尖声细气的小妮子叫兰秀儿。

"那要是妮子的脸，我看你不用教也会吹。"老瞎子说。

小瞎子笑起来，越笑越咳嗽。

“笑什么笑！”

“您吹过妮子脸？”

老瞎子一时语塞。小瞎子笑得坐在地上。“日他妈。”老瞎子骂道，笑笑，然后变了脸色，再不言语。

灶膛里腾的一声，火旺起来。小瞎子再去添柴，一心想着兰秀儿。才散了书的那会儿，兰秀儿挤到他跟前来小声说：“哎，上回你答应我什么来？”师父就在旁边，他没敢吭声。人群挤来挤去，一会儿又把兰秀儿挤到他身边。“噫，上回吃了人家的煮鸡蛋倒白吃了？”兰秀儿说，声音比上回大。这时候师父正忙着跟几个老汉拉话，他赶紧说：“嘘——，我记着呢。”兰秀儿又把声音压低：“你答应给我听电匣子你还没给我听。”“嘘——，我记着呢。”幸亏那会儿人声嘈杂。

正殿里好半天没有动静。之后，琴声响了，老瞎子又上好了一根新弦。他本来应该高兴的，来野羊坳头一晚上就又弹断了一根琴弦。可是那琴声却低沉、零乱。

小瞎子渐渐听出琴声不对，在院里喊：“水开了，师父。”

没有回答。琴声一阵紧似一阵了。

小瞎子端了一盆热水进来，放在师父跟前，故意嘻嘻笑着说：“您今儿晚还想弹断一根是怎么着？”

老瞎子没听见，这会儿他自己的往事都在心中，琴声烦躁不安，像是年年旷野里的风雨，像是日夜山谷中的流溪，像是奔奔忙忙不知所归的脚步声。小瞎子有点害怕了：师父很久不这样了，师父一这样就要犯病，头疼、心口疼、浑身疼，会几个月爬不起炕来。

“师父，您先洗脚吧。”

琴声不停。

“师父，您该洗脚了。”小瞎子的声音发抖。

琴声不停。

“师父！”

琴声戛然而止，老瞎子叹了口气。小瞎子松了口气。

老瞎子洗脚，小瞎子乖乖地坐在他身边。

“睡去吧，”老瞎子说，“今儿个够累的了。”

“您呢？”

“你先睡，我得好好泡泡脚。人上了岁数毛病多。”老瞎子故意说得轻松。

“我等您一块儿睡。”

山深夜静。有了一点风，墙头的草叶子响。夜猫子在远处哀哀地叫。听得见野羊坳里偶尔有几声狗吠，又引得孩子哭。月亮升起来，白光透过残损的窗棂进了殿堂，照见两个瞎子和三尊神像。

“等我干吗？时候不早了。”

“你甭担心我，我怎么也不怎么。”老瞎子又说。

“听见没有，小子？”

小瞎子到底年轻，已经睡着。老瞎子推推他让他躺好，他嘴里嘟囔了几句倒头睡去。老瞎子给他盖被时，从那身日渐发育的筋肉上觉出，这孩子到了要想那些事的年龄，非得有一段苦日子过不可了。唉，这事谁也替不了谁。

老瞎子再把琴抱在怀里，摩挲着根根绷紧的琴弦，心里使劲念叨：又断了一根了，又断了一根了。再摇摇琴槽，有轻微的纸和蛇皮的磨擦声。唯独这事能为他排忧解烦。一辈子的愿望。

小瞎子做了一个好梦，醒来吓了一跳，鸡已经叫了。他一骨碌爬起来听听，师父正睡得香，心说还好。他摸到那个大挎包，悄悄地掏出电匣子，蹑手蹑脚出了门。

往野羊坳方向走了一会儿，他才觉出不对头，鸡叫声渐渐停歇，野羊坳里还是静静的没有人声。他愣了一会儿，鸡才叫头遍吗？灵机一动扭开电匣子。电匣子里也是静悄悄。现在是半夜。他半夜里听过匣子，什么都没有。这匣子对他来说还是个表，只要扭开一听，便知道是几点钟，什么时候有什么节目都是一定的。

小瞎子回到庙里，老瞎子正翻身。

“干吗哪？”

“撒尿去了。”小瞎子说。

一上午，师父逼着他练琴。直到晌午饭后，小瞎子才瞅机会溜出庙来，溜进野羊坳。鸡也在树荫下打盹，猪也在墙根下说着梦话，太阳又热得凶，村子里很安静。

小瞎子踩着磨盘，扒着兰秀儿家的墙头轻声喊：“兰秀儿——兰秀儿——”

屋里传出雷似的鼾声。

他犹豫了片刻，把声音稍稍抬高：“兰秀儿！兰秀儿！——”

狗叫起来。屋里的鼾声停了，一个闷声闷气的声音问：“谁呀？”

小瞎子不敢回答，把脑袋从墙头上缩下来。

屋里吧唧了一阵嘴，又响起鼾声。

他叹口气，从磨盘上下来，怏怏地往回走。忽听见身后嘎吱一声院门响，随即一阵细碎的脚步声向他跑来。

“猜是谁？”尖声细气。小瞎子的眼睛被一双柔软的小手捂上了。——这才多余呢。兰秀儿不到十五岁，认真说还是个孩子。

“兰秀儿！”

“电匣子拿来没？”

小瞎子掀开衣襟，匣子挂在腰上。“嘘！——别在这儿，找个没人的地方听去。”

“咋啦？”

“回头招好些人。”

“咋啦？”

“那么多人听，费电。”

两个人东拐西弯，来到山背后那眼小泉边。小瞎子忽然想起件事，问兰秀儿：“你见过曲折的油狼吗？”

“啥？”

“曲折的油狼。”

“曲折的油狼？”

“知道吗？”

“你知道？”

“当然。还有绿色的长椅。就是一把椅子。”

“椅子谁不知道。”

“那曲折的油狼呢？”

兰秀儿摇摇头，有点崇拜小瞎子了。小瞎子这才郑重其事地扭开电匣子，一支欢快的乐曲在山沟里飘荡。

这地方又凉快又没有人来打扰。

“这是《步步高》。”小瞎子说，跟着哼。

一会儿又换了支曲子，叫《旱天雷》，小瞎子还能跟着哼。兰秀儿觉得很惭愧。

“这曲子也叫《和尚思妻》。”

兰秀儿笑起来：“瞎骗人！”

“你不信？”

“不信。”

“爱信不信。这匣子里说的古怪事多啦。”小瞎子玩着凉凉的泉水，想了一会儿，“你知道什么叫接吻吗？”

“你说什么叫？”

这回轮到小瞎子笑，光笑不答。兰秀儿明白准不是好话，红着脸不再问。

音乐播完了，一个女人说：“现在是讲卫生节目。”

"啥？"兰秀儿没听清。

"讲卫生。"

"是什么？"

"嗯——你头发上有虱子吗？"

"去——别动！"

小瞎子赶忙缩回手来，赶忙解释："要有就是不讲卫生。"

"我才没有。"兰秀儿抓抓头，觉得有些刺痒。"噫——瞧你自个儿吧！"兰秀儿一把扳过小瞎子的头，"看我捉几个大的。"

这时候听见老瞎子在半山上喊："小子，还不给我回来！该做饭了，吃罢饭还得去说书！"他已经站在那儿听了好一会儿了。

野羊坳里已经昏暗，羊叫、驴叫、狗叫、孩子们叫，处处起了炊烟。野羊岭上还有一线残阳，小庙正在那淡薄的光中，没有声响。

小瞎子又撅着屁股烧火。老瞎子坐在一旁淘米，凭着听觉他能把米中的沙子拣出来。

"今天的柴挺干。"小瞎子说。

"嗯。"

"还是焖饭？"

"嗯。"

小瞎子这会儿精神百倍，很想找些话说，但是知道师父的气还没消，心说还是少找骂。

两个人默默地干着自己的事，又默默地一块儿把饭做熟。岭上也没了阳光。

小瞎子盛了一碗小米饭，先给师父："您吃吧。"声音怯怯的，无比驯顺。

老瞎子终于开了腔："小子，你听我一句行不？"

"嗯。"小瞎子往嘴里扒拉饭，回答得含糊。

"你要是不愿意听，我就不说。"

"谁说不愿意听了？我说'嗯'！"

"我是过来人，总比你知道得多。"

小瞎子闷头扒拉饭。

"我经过那号事。"

"什么事？"

"又跟我贫嘴！"老瞎子把筷子往灶台上一摔。

"兰秀儿光是想听听电匣子。我们光是一块儿听电匣子来。"

"还有呢？"

"没有了。"

"没有了？"

"我还问她见没见过曲折的油狼。"

"我没问你这个！"

"后来，后来，"小瞎子不那么气壮了，"不知怎么一下就说起了虱子……"

"还有呢？"

"没了。真没了！"

两个人又默默地吃饭。老瞎子带了这徒弟好几年，知道这孩子不会撒谎，这孩子最让人放心的地方就是诚实，厚道。

"听我一句话，保准对你没坏处。以后离那妮子远点儿。"

"兰秀儿人不坏。"

"我知道她不坏，可你离她远点儿好。早年你师爷这么跟我说，我也不信……"

"师爷？说兰秀儿？"

"什么兰秀儿，那会儿还没她呢。那会儿还没有你们呢……"老瞎子阴郁的脸又转向暮色浓重的天际，骨头一样白色的眼珠不住地转动，不知道在那儿他能"看"见什么。

许久，小瞎子说："今儿晚上您多半又能弹断一根琴弦。"想让师父高兴些。

这天晚上师徒俩又在野羊坳说书。"上回唱到罗成死，三魂七魄赴幽冥，听歌君子莫嘈嚷，列位听我道下文。罗成阴魂出地府，一阵旋风就起身，旋风一阵来得快，长安不远面前存……"老瞎子的琴声也乱，小瞎子的琴声也乱。小瞎子回忆着那双柔软的小手捂在自己脸上的感觉，还有自己的头被兰秀儿扳过去时的滋味。老瞎子想起的事情更多……

夜里老瞎子翻来覆去睡不安稳，多少往事在他耳边喧嚣，在他心头动荡，身体里仿佛有什么东西要爆炸。坏了，要犯病，他想。头昏，胸口憋闷，浑身紧巴巴的难受。他坐起来，对自己叨咕："可别犯病，一犯病今年就甭想弹够那些琴弦了。”他又摸到琴。要能叮叮当当随心所欲地疯弹一阵，心头的忧伤或许就能平息，耳边的往事或许就会消散。可是小瞎子正睡得香甜。

他只好再全力去想那张药方和琴弦：还剩下几根，还只剩最后几根了。那时就可以去抓药了，然后就能看见这个世界——他无数次爬过的山，无数次走过的路，无数次感到过她的温暖和炽热的太阳，无数次梦想着的蓝天、月亮和星星……还有呢？突然间心里一阵空，空得深重。就只为了这些？还有什么？他朦胧中所盼望的东西似乎比这要多得多……

夜风在山里游荡。

猫头鹰又在凄哀地叫。

不过现在他老了，无论如何没几年活头了，失去的已经永远失去了，他像是刚刚意识到这一点。七十年中所受的全部辛苦就为了最后能看一眼世界，这值得吗？他问自己。

小瞎子在梦里笑，在梦里说：“那是一把椅子，兰秀儿……”

老瞎子静静地坐着。静静地坐着的还有那三尊分不清是佛是道的泥像。

鸡叫头遍的时候老瞎子决定，天一亮就带这孩子离开野羊坳。否则这孩子受不了，他自己也受不了。兰秀儿人不坏，可这事会怎么结局，老瞎子比谁都“看”得清楚。鸡叫二遍，老瞎子开始收拾行李。

可是一早起来小瞎子病了，肚子疼，随即又发烧。老瞎子只好把行期推迟。

一连好几天，老瞎子无论是烧火、淘米、捡柴，还是给小瞎子挖药、煎药，心里总在说："值得，当然值得。"要是不这么反反复复对自己说，身上的力气似乎就全要垮掉。"我非要最后看一眼不可。""要不怎么着？就这么死了去？""再说就只剩下最后几根了。"后面三句都是理由。老瞎子又冷静下来，天天晚上还到野羊坳去说书。

这一下小瞎子倒来了福气。每天晚上师父到岭下去了，兰秀儿就猫似的轻轻跳进庙里来听匣子。兰秀儿还带来煮熟的鸡蛋，条件是得让她亲手去扭那匣子的开关。"往哪边扭？""往右。""扭不动。""往右，笨货，不知道哪边是右哇？""咔嗒"一下，无论是什么便响起来，无论是什么俩人都爱听。

又过了几天，老瞎子又弹断了三根琴弦。

这一晚，老瞎子在野羊坳里自弹自唱："不表罗成投胎事，又唱秦王李世民。秦王一听双泪流，可怜爱卿丧残身，你死一身不打紧，缺少扶朝上将军……"

野羊岭上的小庙里这时更热闹。电匣子的音量开得挺大，又是孩子哭，又是大人喊，轰隆隆地又响炮，嘀嘀嗒嗒地又吹号。月光照进正殿，小瞎子躺着啃鸡蛋，兰秀儿坐在他旁边。两个人都听得兴奋，时而大笑，时而稀里糊涂莫名其妙。

"这匣子你师父哪儿买来的？"

"从一个山外头的人手里。"

“你们到山外头去过？”兰秀儿问。

“没。我早晚要去一回就是，坐坐火车。”

“火车？”

“火车你也不知道？笨货。”

“噢，知道知道，冒烟哩是不是？”

过了一会儿兰秀儿又说：“保不准我就得到山外头去。”语调有些恓惶。

“是吗？”小瞎子一挺坐起来，“那你到底瞧瞧曲折的油狼是什么。”

“你说是不是山外头的人都有电匣子？”

“谁知道。我说你听清楚没有？曲、折、的、油、狼，这东西就在山外头。”

“那我得跟他们要一个电匣子。”兰秀儿自言自语地想心事。

“要一个？”小瞎子笑了两声，然后屏住气，然后大笑，“你干吗不要俩？你可真本事大。你知道这匣子几千块钱一个？把你卖了吧，怕也换不来。”

兰秀儿心里正委屈，一把揪住小瞎子的耳朵使劲拧，骂道：“好你个死瞎子。”

两个人在殿堂里扭打起来。三尊泥像袖手旁观帮不上忙。两个年轻的正在发育的身体碰撞在一起，纠缠在一起，一个把一个压在身下，一会儿又颠倒过来，骂声变成笑声。匣子在一边唱。

打了好一阵子，两个人都累得住了手，心怦怦跳，面对面躺着喘气，不言声儿，谁却也不愿意再拉开距离。

兰秀儿呼出的气吹在小瞎子脸上，小瞎子感到了诱惑，并且想起那天吹火时师父说的话，就往兰秀儿脸上吹气。兰秀儿并不躲。

“嘿，”小瞎子小声说，“你知道接吻是什么了吗？”

“是什么？”兰秀儿的声音也小。

小瞎子对着兰秀儿的耳朵告诉她。兰秀儿不说话。老瞎子回来之前，他们试着亲了嘴儿，滋味真不坏……

就是这天晚上，老瞎子弹断了最后两根琴弦。两根弦一齐断了。他没料到。他几乎是连跑带爬地上了野羊岭，回到小庙里。

小瞎子吓了一跳：“怎么了，师父？”

老瞎子气喘吁吁地坐在那儿，说不出话。

小瞎子有些犯嘀咕：莫非是他和兰秀儿干的事让师父知道了？

老瞎子这才相信：一切都是值得的。一辈子的辛苦都是值得的。能看一回，好好看一回，怎么都是值得的。

“小子，明天我就去抓药。”

“明天？”

“明天。”

“又断了一根了？”

“两根。两根都断了。”

老瞎子把那两根弦卸下来，放在手里揉搓了一会儿，然后把它们并到另外的九百九十八根中去，绑成一捆。

“明天就走?”

“天一亮就动身。”

小瞎子心里一阵发凉。老瞎子开始剥琴槽上的蛇皮。

“可我的病还没好利索，”小瞎子小声叨咕。

“噢，我想过了，你就先留在这儿，我用不了十天就回来。”

小瞎子喜出望外。

“你一个人行不?”

“行!”小瞎子紧忙说。

老瞎子早忘了兰秀儿的事。“吃的、喝的、烧的全有。你要是病好利索了，也该学着自个儿去说回书。行吗?”

“行。”小瞎子觉得有点对不住师父。

蛇皮剥开了，老瞎子从琴槽中取出一张叠得方方正正的纸条。他想起这药方放进琴槽时，自己才二十岁，便觉得浑身上下都好像冷。

小瞎子也把那药方放在手里摸了一会儿，也有了几分肃穆。

“你师爷一辈子才冤呢。”

“他弹断了多少根?”

“他本来能弹够一千根，可他记成了八百。要不然他能弹断一千根。”

天不亮老瞎子就上路了。他说最多十天就回来，谁也没想到他竟去了那么久。

老瞎子回到野羊坳时已经是冬天。

漫天大雪，灰暗的天空连接着白色的群山。没有声息，处处也没有生气，空旷而沉寂。所以老瞎子那顶发了黑的草帽就尤其攒动得显著。他蹒蹒跚跚地爬上野羊岭。庙院中衰草瑟瑟，蹿出一只狐狸，仓皇逃远。

村里人告诉他，小瞎子已经走了些日子。

“我告诉他我回来。”

“不知道他干吗就走了。”

“他没说去哪儿？留下什么话没？”

“他说让您甭找他。”

“什么时候走的？”

人们想了好久，都说是在兰秀儿嫁到山外去的那天。

老瞎子心里便一切全都明白。

众人劝老瞎子留下来，这么冰天雪地的上哪儿去？不如在野羊坳说一冬书。老瞎子指指他的琴，人们见琴柄上空荡荡已经没了琴弦。老瞎子面容也憔悴，呼吸也孱弱，嗓音也沙哑了，完全变了个人。他说得去找他的徒弟。

若不是还想着他的徒弟，老瞎子就回不到野羊坳。那张他保存了五十年的药方原来是一张无字的白纸。他不信，请了多少个识字而又诚实的人帮他看，人人都说那果真就是一张无字的白纸。

老瞎子在药铺前的台阶上坐了一会儿，他以为是一会儿，其实已经几天几夜，骨头一样的眼珠在询问苍天，脸色也变成骨头一样的苍白。有人以为他是疯了，安慰他，劝他。老瞎子苦笑：七十岁了再疯还有什么意思？他只是再不想动弹，吸引着他活下去、走下去、唱下去的东西骤然间消失干净。就像一根不能拉紧的琴弦，再难弹出赏心悦耳的曲子。老瞎子的心弦断了。现在发现那目的原来是空的。老瞎子在一个小客店里住了很久，觉得身体里的一切都在熄灭。他整天躺在炕上，不弹也不唱，一天天迅速地衰老。直到花光了身上所有的钱，直到忽然想起了他的徒弟，他知道自己的死期将至，可那孩子在等他回去。

茫茫雪野，皑皑群山，天地之间攒动着一个黑点。走近时，老瞎子的身影弯得如一座桥。他去找他的徒弟。他知道那孩子目前的心情、处境。

他想自己先得振作起来，但是不行，前面明明没有了目标。

他一路走，便怀恋起过去的日子，才知道以往那些奔奔忙忙兴致勃勃地翻山、赶路、弹琴，乃至心焦、忧虑都是多么欢乐！那时有个东西把心弦扯紧，虽然那东西原是虚设。老瞎子想起他师父临终时的情景。他师父把那张自己没用上的药方封进他的琴槽。“您别死，再活几年，您就能睁眼看一回了。”说这话时他还是个孩子。他师父久久不言语，最后说：“记住，人的命就像这琴弦，拉紧了才能弹好，弹好了就够了。”……不错，那意思就是说：目的本来没有。老瞎子知道怎么对自己的徒弟说了。可是他又想：能把一切都告诉小瞎子吗？老瞎子又试着振作起来，可还是不行，总摆脱不掉那张无字的白纸……

在深山里，老瞎子找到了小瞎子。

小瞎子正跌倒在雪地里，一动不动，想那么等死。老瞎子懂得那绝不是装出来的悲哀。老瞎子把他拖进一个山洞，他已无力反抗。

老瞎子捡了些柴，打起一堆火。

小瞎子渐渐有了哭声。老瞎子放了心，任他尽情尽意地哭。只要还能哭就还有救，只要还能哭就有哭够的时候。

小瞎子哭了几天几夜，老瞎子就那么一声不吭地守候着。火头和哭声惊动了野兔子、山鸡、野羊、狐狸和鹞鹰……

终于小瞎子说话了：“干吗咱们是瞎子！”

“就因为咱们是瞎子。”老瞎子回答。

终于小瞎子又说：“我想睁开眼看看，师父，我想睁开眼看看！”哪怕就看一回。

“你真那么想吗？”

“真想，真想——”

老瞎子把篝火拨得更旺些。

雪停了。铅灰色的天空中，太阳像一面闪光的小镜子。

鹞鹰在平稳地滑翔。

“那就弹你的琴弦，”老瞎子说，“一根一根尽力地弹吧。”

“师父，您的药抓来了？”小瞎子如梦方醒。

“记住，得真正是弹断的才成。”

“您已经看见了吗？师父，您现在看得见了？”

小瞎子挣扎着起来，伸手去摸师父的眼窝。老瞎子把他的手抓住。

“记住，得弹断一千二百根。”

“一千二？”

“把你的琴给我，我把这药方给你封在琴槽里。”老瞎子现在才弄懂了他师父当年对他说的话——咱的命就在这琴弦上。

目的虽是虚设的，可非得有不行，不然琴弦怎么拉紧？拉不紧就弹不响。

“怎么是一千二，师父？”

“是一千二，我没弹够，我记成了一千。”老瞎子想：这孩子再怎么弹吧，还能弹断一千二百根？永远扯紧欢跳的琴弦，不必去看那张无字的白纸……

这地方偏僻荒凉，群山不断。荒草丛中随时会飞起一对山鸡，跳出一只野兔、狐狸或者其他小野兽。山谷中鹞鹰在盘旋。

现在让我们回到开始：

莽莽苍苍的群山之中走着两个瞎子，一老一少，一前一后，两顶发了黑的草帽起伏攒动，匆匆忙忙，像是随着一条不安静的河水在漂流。无所谓从哪儿来、到哪儿去，也无所谓谁是谁……

1985 年 4 月 20 日

巴掌厚的腊肉和巴掌大的蚊子

郁达夫

什么地方先不管它。炉火烧得正旺，清香的青杠木不断往炉膛里扔，撩得满满一锅青杠菌不停在滚水里翻腾，泛出一股张扬的奶香。奶娃子闻见，叫了一声，当娘的就抱歉地对客人说："不好意思啊，您得等等。"说着，毫不避嫌，一把掏出肥白的大奶子，恨不能喷泉似的塞到娃娃嘴里。当家的男人在屋外劈柴。斧子雪亮，映出坪上几户人家很健壮的灯火，还有周围那几片翠绿得很不计后果的松林。这空山剔透的灵气，便张牙舞爪扑来，让人躲都躲不开。

山很远，又很近。就是说，面前是山，远方也是山。山叠着山，宽广，辽阔，路却很细，很隐秘，也不知道这家子人出不出得去这个地方。莫关系。当家的放下斧子，披上一件辨不出颜色的衣服，踌躇满志地点上锅辛辣的叶子烟。这才看见，手很像四周那些在暮色中起伏的大山，都像，颜色，质地，筋络，还有形状。顺着两条古铜色的、强健的手臂，长出两座山，长在一个人身上，那是什么光景？

又黑又亮的山狗跑过来，眉宇之间真诚得好笑，跟外面的很是不同。当然，也许是猜测和主观。这似静非静的山间，什么都给净化了，都蒙上一层俯拾皆是的纯洁氛围。却愿意这样，愿意被它搞得莫名其妙，亦真亦幻，淡入也是那么顺畅，淡出也是那么意趣盎然。

进进出出间，火炉烧得更猛，青杠菌的异香扑鼻而来，让人醺然欲醉。米酒有点酸，还就得这么酸；饭很糙，还就得这么糙。不知名的人影在窗棂上、木屋顶棚上夸张地摆动，分不清谁是客人，谁又是主人。突然，一阵浓郁的肉香当头袭来，左看右看，不知道来源。当娘的妩媚一笑，烧得翻天掌的青杠菌旁边，一扇漆黑油亮的锅盖呼啦揭起来，大块大块红亮晶莹的转筋儿腊肉，厚实得就像当家的手掌，也就像山，像亲切的、热闹的山岭，马上就要起锅，盛满一个个粗瓷大土碗，端到浓烈的，别的记忆里。

洪椿坪绵雨淫淫，像同行两姐妹湿润的眼珠。猴子捣蛋得差不多，就不再没命地闹，而是找地方过年了。深秋了，都冷。花花彩彩的树林酷似些精致的照片，活了一样，在前后上下的山峦窜来窜去。峨眉天下秀，这话实在准确。

玩了两三天了，姐累，妹也累，都想找地方休息。但风景实在美，奇，就有点收不住这双眼。蕨叶一铺开，就像一群四仰八叉的暗褐色小大人儿，又肥厚又甜美；随便钻出条蛇，吓一大跳，细看，却只是根大蚯蚓。“听说这山以前与世隔绝，环境护着，所以保下许多东西。但这些也太怪了。”姐姐对妹妹说。妹妹说：“吓死我了耶。”旁边男孩就笑：“这么小的胆子，幸好有我。”“好，你行！”妹妹就卸下旅行包，猛地压他肩上。男孩看姐姐，姐姐偷笑。男孩脸就红，没说什么，紧紧身手，快步朝前走。

前边有个旅店，看来干净。男孩冲进去，问：“还有房间吗？”说有，男孩急急冲出，把姐妹迎进，却是只有一间小房，一张小床，支着个又黄又朽的破旧蚊帐。男孩为难，说：“不方便吧？”姐姐就飞快白他一眼：“你老实点不就行了？”

三个人讪讪地歇下来。“好舒服啊！”妹妹扑到床上，欢叫。姐姐坐她边上，男孩站着，一看，开水也没有，茶也没有，就去要。还是没有，只有吃饭才有这些。男孩回来，说：“算了，去别的地方吧。”姐妹俩嚷嚷：“我们都没说什么，你心怀鬼胎啊你？”“睡觉怎么办？”男孩苦恼地说。“有什么关系？挤一下就行，又不脱衣服。”妹妹说。“不脱衣服睡得不舒服。”男孩说。“你还真会享受，少爷。”妹妹说，“就这么追我姐姐？姐姐，我们不理他了！”姐姐瞅男孩一眼，脸红了。妹妹一看，脸也红了。

吃饭，找水洗脸，洗脚。三个人突然话很少，像隔了层东西。灯光很暗。就开窗户，还好，月亮淡红淡红地升起来，总算有点看的了。三个人两个坐床，一个还是站着，愣愣地看，不说话。不能这样熬下去，男孩忧愁地想。突然响起来一阵窸窸窣窣的怪声。

“你们在脱衣服？”男孩唐突地问，问完就后悔。但是奇怪，姐妹俩都没吱声，而是四下里张望，很紧张，也不知道为什么。男孩也张望，只觉一些大蛾子飞来飞去，翅膀呼啦啦扇着，扇得灯光像蜡，摇摇晃晃起来。男孩看见姐妹俩慌张地支起蚊帐，往里面畏缩，就说：“我打死它们。”男孩找报纸，没有。正好，一个蛾子飞到他跟前。男孩一把抓住，还挣。男孩使劲一捏，不由得叫了一下，皮肤像给什么尖锐的东西刺破了，生痛。

好大的一只蚊子。

我们计划分手时，季节很美好，跟事态鲜明地对比着。真要分了，当然，是姐妹中一个。我从城门洞那边去了北方，我去了就不想回来。她却定要留在家乡。另一个，是个好孩子，还想撮合，就哄我们，还想方设法把大家弄到山上。

没作用。她们回去了，结束了，但我的旅途并没完成。我从峨眉出发，去黄龙，就是那个有更多山和腊肉的地方。两种心情都很浓，峨眉，她们在身边，我神魂颠倒，不知所措；黄龙，没这些了，有什么空了，什么就试图填补，都是好东西，云山雾罩，一如很久以后，总有什么，不停地让我成长下去。

关于她，她们，不再说别的。一种东西一旦不能忘记，也就再不会被我提起。

平凡的生活也要过得闪闪发光

产品经理 张 璐　　装帧设计 人马艺术设计·储平
特约编辑 王 静　　营销经理 肖 瑶
责任印制 赵 明 赵 聪　　出版监制 吴高林

图书在版编目（CIP）数据

平凡的生活也要过得闪闪发光 / 迟子建等著. -- 北京 : 北京联合出版公司, 2023.6
ISBN 978-7-5596-6821-9

Ⅰ. ①平… Ⅱ. ①迟… Ⅲ. ①散文集 – 中国 – 当代
Ⅳ. ①I267

中国国家版本馆CIP数据核字(2023)第058897号

平凡的生活也要过得闪闪发光

作　　者：迟子建　等
出 品 人：赵红仕
特约编辑：王　静
内文排版：山　吹
产品经理：张　璐
责任编辑：牛炜征
出版监制：吴高林
装帧设计：人马艺术设计 · 储平

北京联合出版公司出版
（北京市西城区德外大街83号楼9层　100088）
北京联合天畅文化传播公司发行
凯德印刷（天津）有限公司印刷　新华书店经销
字数 158千字　880毫米 × 1230毫米　1/32　8.25印张
2023年6月第1版　2023年6月第1次印刷
ISBN 978-7-5596-6821-9
定价：49.80元